COLLECTION FOLIO

Jocelyne François

Les Amantes ou Tombeau de C.

roman

Version complète et définitive

Mercure de France

Jocelyne François, née à Nancy le 3 juillet 1933, vit et écrit à Paris. Le roman, la poésie, une certaine approche de l'essai, un grand attachement à la peinture constituent son territoire. Elle est l'auteur de cinq romans parmi lesquels *Joue-nous « España »* a reçu le prix Femina en 1980.

Le sel et *La femme sans tombe* précèdent *La nourriture de Jupiter*.

« … à cause de ce mouvement infini qui me portait à sa rencontre… »

Maurice Blanchot,
L'Arrêt de mort.

Pour la première fois elle respire l'odeur de fenouil qui imprègne les murs de la pièce. Elle se tait, n'écoutant que la voix, étrangère encore. Elle regarde cet homme dont la parole lui est parvenue clairement par le noir et le blanc d'une page, d'une seule page. Elle ne sait rien sur lui, rien sur ses origines, elle vient tout juste d'apprendre qu'ils demeurent à très petite distance l'un de l'autre, qu'elle passe souvent devant sa maison un peu en retrait de la route (depuis trois ans elle emprunte ce chemin qui mène de la ville ombreuse, bruissante d'eaux divisées, au village immobile, calcaire, où elle vit).

Dans le demi-jour de la pièce — demi-jour accentué par une moustiquaire masquant la fenêtre, par un plafond de bois couleur de miel — il parle. Sa voix arrache aux mots la légère poussière qui les couvre lorsqu'ils servent dans la conversation, les mêmes mots avec leurs chambres closes et leurs étages. Il les accompagne d'amples gestes qu'il étaie dans le regard de ceux qui, assis en face de lui, l'écoutent et lui répondent. Lui répondent sur un mode qui peut-être ne lui parvient pas réellement, si bien qu'à ses propres yeux il doit parler seul. C'est du moins ce qu'elle ressent. C'est pourquoi elle se tait.

Tandis que tous les trois ils se lèvent, que s'échangent les derniers mots, ceux dont le rythme est plus lent, ceux qui essaient de peser un peu dans l'air, d'y laisser une trace même infime, elle regarde encore les murs, les gravures, les dessins surchargés d'ombre. Aucune lampe n'est allumée. Septembre, il n'est pas encore tard. La très grande douceur de l'air. Ils glissent vers le seuil de la porte, une main déjà touche la clenche de fer. Alors elle dit que la parole comparée à un archipel dans un espace parcouru de couloirs d'air, elle dit que c'est juste. La main quitte la poignée de la porte, une oscillation se produit, l'homme soudain concerné se penche vers le bas de la bibliothèque. Il offre un livre.

Cette fois ils marchent vers le portail de bois peint. Dans le gravier de l'allée leurs pas ne s'inscrivent pas. Les lavandes sont coupées, le champ n'est qu'une masse étendue, sombre, bosselée. Les dernières paroles sont celles d'un banal au revoir.

Sur la route, à la tombée du jour. Bientôt il sera temps d'allumer les phares de la voiture. Ils projetteront alors sur les genévriers, les cades, les chênes verts, une lumière autoritaire, ils donneront à leur feuillage ce vert éclatant qui n'existe pas sous la lumière du jour. La couleur du Vaucluse c'est le gris, issu du vert éteint des garrigues autant que des rochers, émané du sol innervé de végétation rase. Aussi retarde-t-elle le moment de violer, si fugace soit son passage, le lent amalgame de terre et de nuit. Elle roule à faible allure, la vitre baissée.

Dans la vie d'une femme, trop d'heures sont englouties dans l'irritante nécessité des choses. Cette journée qui finit, l'a-t-elle sentie passer depuis l'heure fraîche, la délicieuse solitude acide du lever ? Les autres attendent d'elle ce temps qu'elle est parfois secrètement rétive à leur laisser mais qu'ensuite elle leur partage de ses propres mains. Conduite par elle ne sait quel instinct obstiné. Elle rêve d'une durée, tunique sans coutures. La nuit la lui donne, une fois la porte fermée sur la chambre. La nuit dans laquelle elle entre comme dans l'eau. Mais le jour ?

Elle roule à faible allure, la vitre baissée. Là-haut dans le village de pierres, l'ombre des maisons, l'ombre du rocher sur lequel elles sont bâties s'est déjà diluée sur la colline d'en face ou plutôt elle a rampé jusqu'en haut de terrasse en terrasse à travers les cultures abandonnées et la colline uniformément s'est assombrie. Dans le rétroviseur elle ne voit plus du soleil à l'ouest qu'une trace violente. Les deux extrémités du jour se rejoignent, la même lumière non usée, celle en soi qui se rebelle contre les tâches obscures, sans nom, qui érodent le temps pour écrire. Comment fait-il, lui ? Comment résiste-t-il ?

Par un mouvement presque involontaire de ses mains, la voiture a quitté la route et roule pendant quelques dizaines de mètres sur le chemin goudronné conduisant à des maisons neuves disséminées sur un coteau peu accusé. Une irrépressible envie de parler avec lui de ce temps qui s'effrite.

La voiture silencieuse, peu pressée, s'immobilise. Elle en descend et va vers le portail mais il est clos. Aucune lumière ne filtre à aucune fenêtre dans la maison en recul. Aucune voix, aucun bruit. Voyage-t-il ou a-t-il divisé sa vie en deux parts ? Comment passe-t-il d'un univers à l'autre sans aggraver encore ces pertes sèches dans le temps si court ?

Elle a rejoint la route après une manœuvre sur une aire à l'herbe cassante puis elle a franchi l'étroit canal d'irrigation. Point dangereux où il ne convient pas d'arriver vite, dernier goulet pour retenir, afin de préserver, dirait-on, la zone suivante. Elle roule à présent entre les terres hermes.

C'est maintenant qu'elle regarde — pas une fois elle ne fut distraite — cette garrigue serrée dans laquelle s'enfonce la route. Crin végétal, crinière emmêlée, odorante, chevelure griffeuse traversée de secrets passages, avant la rectitude rocheuse dans laquelle s'inscrit le village au terme d'une montée doucement continue. Elle pense à la maison déserte, s'étonnant après coup de s'y être présentée sans prévenir. Geste si contraire à ses habitudes. Puis elle oublie.

Parfois elle y repense. C'est comme une chaleur insidieuse entre ses épaules, une sorte d'impatience du corps, et revient alors l'image du portail clos et de l'ombre sur le jardin silencieux. Autour d'un dialogue qui ne fut pas, elle tisse une suite circulaire de possibles. Là, comme dans un trou, ce qui aurait pu être dit ce soir-là à propos du temps qui se dérobe. Ici, autour, comme les cercles élargis du caillou frappant l'eau, l'écho imprévisible. Ce sont des jeux, se dit-elle.

Dans le grand balancement de la lumière et de l'ombre, sous la juste rigueur du vent et dans l'économie de la sécheresse, elle apprend ce pays où elle est née non par le corps mais par une aimantation de l'esprit. Connaissance dont aucun détail ne doit être exclu, opération secrète en laquelle il convient d'oublier tout repère, toute tentative de comparaison. Oublier le pays du début, l'obscur commencement, terre ébranlée de mouvements minuscules par des efforts de larve forant obstinément vers le haut, vers le soleil. Ainsi considère-t-elle sa migration avant la seconde naissance sur l'espace chaud où tout est donné ensemble. Elle sent son propre visage venir à elle et ses pieds toucher la terre : fendillements, aiguilles et épines, baies, triangle violent du ciel, air perpétuellement courant. Son corps est poreux.

Elle accorde à son existence à lui, dont elle ignore tout sauf l'odeur de fenouil de la pièce dans laquelle il travaille, sauf un imperceptible tremblement de l'espace entre ses murs — comme si on était à l'intérieur d'un instrument et que cet instrument fût posé droit contre un arbre, vibration continue et si légère qu'on imagine plutôt s'être trompé —, une attention lointaine, parallèle.

Une attention lointaine, parallèle.

Chaque fois bouleversée par la tiédeur de la chambre, le sol de terre cuite, le lit. Chaque fois troublée dès que s'ouvre la petite porte de bois du Nord aux panneaux lisses. De cette chambre émane la seule réponse intensément habitable. Ainsi elle vit dans la maison, les gestes quotidiens n'étant que l'envers des gestes nocturnes. Elle avec elle. Ayant touché au même instant à l'amour rejoint et au pays entrevu. Réconciliée.

C'est là que commence le tissage des arbres, des différents verts, des pierres, et que naît la notion claire de choses autrefois sues par les livres : une aire, une lauze, le mistral et le brusque vent de mer. Et le rouge de la garance. Son âge s'y prend et s'y emmêle.

De l'amour dehors, de l'amour entre les murs, de la douleur connue jusqu'à l'os, de la déchirante contradiction entre cette douleur et la gravité du bonheur émerge le poème en son intermittence saccageuse. La guerre entre en elle, ouvrant un passage comme à la hache et délivrant l'adolescence. Bienheureuse nuit où elle fut nue devant elle. Entre cette nuit et maintenant une grande crevasse où montent les eaux. Bientôt on n'en saura plus que la surface entre deux rives. La mémoire pourtant…

Elle est enfermée dans l'écriture mais c'est une prison transparente où l'air circule librement. C'est une prison blanche et noire où l'enfance se débrouille avec la mort. Ensemble elles trouvent des accommodements étranges.

Elle lui écrit, joignant quelques poèmes à sa lettre. C'est septembre à nouveau, longtemps après. Les amandes sont mûres, on vient de faucher le pré où elles tomberont. Le soir la fraîcheur est plus acérée, cependant les figues s'ouvrent sur les branches et prodigieuse est la douceur des après-midi. Seule une lettre peut franchir le portail clos, et lui si retiré dans la même transparente prison il comprendra quelle évidente raison elle a de l'atteindre. Si un échange appartient à leur futur, c'est maintenant son lieu et son moment. Peut-être l'automne décèle-t-il la maturation achevée, peut-être rend-il sensible aux fermentations et à l'alcool ?

Elle attend sans hâte une réponse qui peut aussi bien ne jamais venir. Elle a ouvert une brèche mais on a déjà vu une végétation pressée combler et masquer un trou dans un mur. Ou l'air devenir si épais à cet endroit qu'entrer paraisse inconcevable.

Elle ramasse des amandes, écoutant à ses côtés bavarder les enfants. Deux corbeilles déjà pleines sur l'herbe dure. Elle écarte des coques noires, vieilles amandes entêtées que le vent a fini par arracher aux branches. Elle regarde aussi de temps en temps la bien-aimée, ses gestes. C'est alors que l'air renvoie le signe en sens inverse et que la réponse vient.

« ... Voulez-vous bien venir soit demain mardi sur les cinq heures et demie soit mercredi à la même heure ? C'est le plus simple et le plus agréable. Nous parlerons de vos poèmes. » L'écriture noire couchée indique aussi le temps : 28 septembre 64. Elle s'assied sur le sol près des corbeilles. La lettre, elle la pose sur les chaumes et la lettre posée devient objet dans la distance, elle cesse d'être ce geste de la main, ce geste d'encre et de vie qui l'appelle aujourd'hui même.

Ou demain. Demain est assez tôt. Elle ne peut

enchaîner cette réponse au fait de pousser le portail et d'entrer pour le voir. Et quand elle sera devant lui, que lui dira-t-elle ?

Précédée par ses poèmes, que devra-t-elle ajouter ? Aujourd'hui encore elle ne sait pas vraiment pourquoi la première fois elle ne lui a pas dit qu'elle écrivait. Peut-être pour le guetter ? Pour voir comment, se croyant seul derrière le mur de l'écriture, il essaierait de sortir de ce dont on ne peut pas sortir ? Peut-être aussi pour ne pas s'asseoir, par discrétion, à la table de sa célébrité ?

Et maintenant ils vont être deux derrière le mur. Lui avec le temps et l'intensité pour alliés. Elle avec l'intensité seulement, mais où est la différence ? Toute la différence est la petite porte basse, dissimulée, que l'on franchit un jour sans un regard en arrière. Or personne plus jamais ne l'ouvrira. Ils sont murés avec les mots, ils n'ont plus d'autre arme.

Elle se surprend à s'imaginer marchant dans l'allée menant à sa maison. Puis ses yeux reviennent à la colline, degrés imperturbables de pierres sèches humanisant la sévère pente rocheuse, rectitude impitoyable aux images. Elle entend à nouveau parler les enfants.

Ils sont assis l'un devant l'autre. Une amie de longue date vient de partir, tirant la porte sur elle. On entend ses pas décroître sur le gravier, elle prend sa bicyclette qu'elle avait appuyée au tronc du platane. Silence entre eux. Tout à l'heure ils parlaient tous les trois, elle oubliait presque le battement accéléré de son sang, l'impossibilité absolue où elle s'était trouvée de soulever calmement la targette de fer du portail. Et maintenant l'insidieuse et galopante chaleur envahit et déborde à nouveau son corps. Il n'y a plus d'échappatoire.

Ils se regardent, sachant parfaitement qu'ils se mesurent, et si la parole court en même temps elle n'agit que par infiltration dans la présence qu'ils s'accordent. Pour elle les murs sont effacés. Il est là dans l'odeur diffuse, dans une certaine qualité de la lumière. Elle voit ses mains marquées par l'été, longues, extraordinairement déliées, d'une puissance et d'une intelligence prodigieuses. Puis elle remonte à son visage, ne se pressant pas de le cerner, fascinée par son regard. Elle-même regardant intensément ce qui en lui regarde. Il la voit dans sa singularité où la distance curieusement est indiscernable de l'approche la plus hardie et la plus libre. Lui aussi voit ses mains, ses bras, son cou et tout ce qui dans son visage bouge de seconde en seconde. Sa bouche, ses dents, la façon qu'elle a de porter sa tête en parlant. Ils se sourient, ils ont peut-être envie de rire tant que dure cet examen réciproque. Vont-ils avoir besoin l'un de l'autre ? Vont-ils avoir envie de se revoir et de s'attendre ?

La réponse, ils la connaissent puisqu'ils s'attendaient et que dès qu'elle a poussé la porte, les gestes machinaux du début — se saluer, offrir et prendre un siège — ne les ont pas distraits d'une joie incompréhensible. À l'instant l'amie trop connue s'est muée en corps étranger, celle dont la conversation doucement familière ne le fatigue jamais est tombée dans le banal et l'évitable et tous deux ont attendu son départ en flânant dans les lieux épuisés des considérations de voisinage. Pause pour elle après la traversée du jardin.

Ils se regardent, sachant parfaitement qu'ils se mesurent et qu'ils s'égalent dans le désir de se revoir.

Ils vont maintenant, peu à peu, explorer ce temps d'aujourd'hui. Une heure peut-être. Il aime ce qu'elle écrit, la liberté dont témoignent ses poèmes. Oui mais elle, comme avertie, s'arme instinctivement d'une distance qui fait sûrement quelques trouées dans son regard. Même heureuse de ce qu'elle entend, elle ne se sent nulle part louangée mais pauvre plutôt et avec un danger rôdant autour d'elle. N'eût-il pas été plus naturel qu'il ne vît pas ce qu'elle écrit bien que le lisant ? Aussi l'écoute-t-elle avec une surprise qu'il perçoit. « Vous ne me croyez pas ? » Elle sourit. Il la regarde plus attentivement. Posé devant lui sur la longue table, un poème d'elle. Il le lit à voix retenue.

Parfaitement immobile elle l'écoute. Il introduit sa voix dans ses mots comme on se couvre d'un vêtement et nul doute n'est possible : on peut habiter ce vêtement tout de suite ou bien il demeurera inerte et vide. C'est son poème qu'elle écoute, investi d'une autre vie et pour elle l'épreuve est décisive.

Pour lui peut-être aussi ? Cette gravité non feinte qu'il n'avait pas tout à l'heure, elle a gagné son visage entier. « Vous savez que la poésie est longue ? — Je le sais. »

Rien ne les oblige à parler, aussi se taisent-ils. Puis il quitte son fauteuil, contourne sa table, vient s'asseoir auprès d'elle. Il prend ses mains, il aime qu'elle ne s'en étonne pas. « Cette maison est la vôtre. Vous pouvez y venir à toute heure du jour ou de la nuit, vous n'en dérangerez pas l'ordre interne. Votre présence est légère et amie. Je suis heureux que vous soyez venue. »

Il parle le langage des figues, pas plus que le pays il ne se dérobe. Comme un mur couronné il l'accueille et comme l'évidence du soleil il se tient là et sa vie à elle s'agrège à ce qu'il est. Voilà que ce pays qu'elle a tant cherché emprunte une voix distincte et lui fait parvenir sa réponse. À partir de ce moment le poème en elle approfondit le questionnement et dans le même temps ébauche un possible repère.

« Reviendrez-vous ? » Son silence dit : Je reviendrai si je peux être libre ici, si ma civilisation coexiste avec la vôtre, je hais l'aliénation. Or je suis une femme et vos mots vous débordent peut-être aujourd'hui. Pourtant, c'est vrai, je suis amoureuse de l'amitié. Elle a compté pour moi très tôt, très haut puisqu'elle exigeait la part compensatoire de solitude. « Il faut aussi que vous le sachiez : j'aime la solitude. »

Ce qu'elle prononce là — cette seule dernière petite phrase — n'est que l'écume des mots et en même temps la réalité la plus urgente à faire entrevoir.

Maintenant elle peut regarder la pièce. Sur sa gauche la bibliothèque n'est qu'une adaptation d'armoire provençale, les livres y sont emprisonnés proprement derrière les vitres. Devant elle la table de travail qu'elle n'examinera jamais bien parce qu'elle constitue l'aire du mouvement principal, elle la ressent seulement comme immense, suffisamment rangée. Le bois — du merisier ? — en est beau et les fleurs y sont sans doute renouvelées souvent dans le modeste vase. Le lampadaire incliné qui passe devant la table, lampadaire qu'on peut orienter selon les besoins, lui déplaît plutôt. À sa droite c'est la cheminée très simple au manteau élevé. Blancs sont les murs mais couverts de dessins, de lithographies, de gravures. Au fond, derrière la table, à côté d'étagères confuses, dans une sorte de reculée car la pièce n'est pas un quadrilatère, un canapé profond de velours vert. Une autre fenêtre aussi, plus petite mais dont la vue semble limitée. Un rideau masque une communication intérieure avec d'autres pièces.

Elle est comme le chat qui entre pour la première fois dans une maison. Il la regarde puis se lève et prend un livre dans la bibliothèque. S'asseyant à sa table il le lui dédicace et le lui tend. « À..., d'une fenêtre amie. 30 septembre 64. » Il faut donner un peu de lait au chat qu'on apprivoise, marquer d'un cadeau cette journée mémorable.

Et la mémoire qui voit tout, ouvre dans leur tête une rubrique nouvelle. Dans un enchantement radieux elle les couche dans le livre des comptes, celui de la joie et des larmes. Et la mémoire qui voit tout et les guette entend aussi distinctement les paroles muettes, car c'est le premier jour entre eux.

Sur le chemin du retour elle exulte. Ce qu'elle nomme chance, elle s'oblige à en faire lentement le tour mais toujours la joie rapide revient, déjouant sa tentative. Alors elle abandonne, se fiant aux arbres, aux oiseaux, aux vignes où mûrit le muscat. Il est tard. Pourtant, dans la nuit qui vient, on peut encore distinguer les vendangeuses à leurs foulards qui bougent. Les hommes s'affairent auprès des charrettes, des enfants courent au bord des rangées sombres. Cette brûlure qu'ils emportent et retiennent l'un de l'autre, elle la pose entre les maisons masquées du village et sur les murs blancs, derrière sa porte.

Devant le feu elle parle à la bien-aimée... Elle se tient près de son visage attentif et déroule l'après-midi tel qu'il fut, n'omettant rien. Mais elle échoue à l'entraîner dans la jubilation et s'inquiète sans le dire de la réticence involontaire qu'elle perçoit dans ses yeux.

Le regard de la bien-aimée dit : Tu l'aimes déjà sans le savoir et lui sans doute aussi. Réticence involontaire à la limite du visible, paroles que jamais sa bouche ne prononcerait parce que la bouche traduit durement ce que l'esprit seulement suggère dans le miroir des yeux. Assez pourtant... Une tristesse se glisse entre elles. Pour la première fois le levier de dislocation bouge imperceptiblement, lui dont la base noire sommeille en chaque couple à une profondeur non repérable.

Elle n'oubliera pas cet avertissement. C'est comme une blessure infime, irritante. Elle ne parvient pas à effacer la déception exactement correspondante. On ne peut faire que ce qui est ne soit pas, or elle sait d'une certitude indéracinable et pourtant modeste que cette pensée par laquelle s'est laissé envahir sa bien-aimée, elle ne l'aurait jamais eue.

Conaissante avec la joie, jumelle vraie, la douleur. D'abord insidieuse mais menaçant leur amour d'une vulnérabilité détestable. Elle imagine la situation inversement vécue : elle, recevant le récit d'une rencontre aussi rare, le même récit du même fait capital comme si la porte s'ouvrait sur quelqu'un d'autre, cette porte d'adolescence qu'on oublie trop. Elle n'en concevrait, il lui semble, qu'une joie sans mélange, naïve en quelque sorte. Aussi sûrement que le sang court dans ses veines elle sait que l'amitié n'est pas l'amour, que dans l'amitié le sexe se disjoint tout de suite, à l'instant même, du mouvement irrésistible de l'esprit qui se porte au-devant de l'autre. L'amitié n'est pas le lieu du sexe, c'est la seule chose claire qu'elle voudrait dire mais une espèce d'instinct de protection se dresse en elle, lui faisant pressentir qu'il vaut mieux pour l'instant le silence. Aussi regarde-t-elle le feu et ses métaphores renouvelées : il accompagne, il réchauffe, il éclaire, il tue. Puis au ras du sol, sur les dalles nues qui captent faiblement la lumière, elle pose les yeux sur son amour intensément, longtemps, jusqu'à ce que la vrille de la mémoire s'enfonce un peu plus avant.

Ils glissent dans l'automne à jours retenus par un soleil encore chaud. Octobre s'établit. Le vieux village s'éveille dans des matins déjà frais, très clairs, et c'est seulement si l'on prend la route qui descend vers la petite ville que, juste au pont étroit sur le canal d'irrigation, on se trouve brusquement plongé dans une brume cotonneuse qui se dissipera d'un coup, comme bue par le soleil, vers dix heures de la matinée.

C'est à ce moment-là souvent qu'elle pousse le portail de son jardin et parcourt l'allée de graviers. Elle émerge de la luminosité du soleil, du bleu léger et de la paix minuscule des deux rues de Nessuma. Lui habite encore dans le brouillard qui noie les détails et rend flou le contour des roses. Il est seul et si la femme de ménage travaille dans un angle opposé de la maison, le silence réel n'en est pas troublé. « Venez le matin lorsque vous passez. Arrêtez-vous. Venez. J'en serai toujours heureux. »

Il est encore seul et cet *encore* a le poids d'un privilège gagné sur les nombreuses visites de chaque après-midi. Il est à sa table, travaille ou écrit des lettres. Elle entre, ils se sourient et parfois elle lit tranquillement tandis qu'il achève ce qu'il avait entrepris. Mais le plus souvent il est aussitôt disponible à elle. Alors ils sortent dans le jardin et regardent ensemble les fleurs humides, les arbres qui peu à peu se dépouillent. Ou bien ils restent dans la maison. Il quitte sa table et assis l'un près de l'autre ils parlent de ce qui les préoccupe. C'est aussi bien le vent porteur de sécheresse que la mémoire ou le dernier poème. C'est aussi leur vie. Parlez-moi de vous, dit-il.

Jusqu'à ce jour déroulée, la vôtre. Jusqu'à ce jour déroulée, la mienne. Nos vertiges et l'immense peur toujours sous-jacente de tout perdre. En même temps le risque majeur de tout jouer. Ils s'éprouvent, à la fois pareils aux autres et sensiblement différents, mais sur un autre versant de la vie où ils se doivent de marcher par une obligation venue d'avant, d'ailleurs, et qu'ils ont distinctement reconnue.

Cette connivence est entre eux le ciment dont la prise est faite, comme disent les maçons. C'est pourquoi il leur est simple à présent de se rencontrer jour après jour.

Quand elle repart, le soleil est partout et le temps suit sa destination poignante : une journée d'automne immobile dans le Vaucluse, sans vent de mer, sans mistral, tandis que les figues sèchent doucement aux figuiers et que les vignes s'alourdissent de rouge.

Ils lisent ensemble des poèmes de Pavese. Lui les dit à voix haute tandis qu'elle les regarde confrontés au blanc des pages. Elle voit aussi sa main qui scande légèrement les strophes graves.

Ils parlent d'Angèle de Foligno mais sans le sérieux que l'on pourrait imaginer : « Je voudrais être avec vous comme sont les pieds de Jésus. L'un dessus, l'autre dessous, entre les deux un petit clou. » (Paroles de la sainte — à Dieu ?) Ils rient et ce rire les emmène dans leur enfance dont ils exhument toutes sortes de faits saugrenus. Ambigus aussi.

Il ne pleurait pas à l'enterrement de son père, attentif seulement à faire impression par son maintien et son costume neuf sur la fille du cafetier, laquelle regardait passer le cortège funèbre. Elle était un peu plus vieille que lui, treize ou quatorze ans à peine...

Vers six ans il avait enfoncé un morceau de

bambou dans le derrière d'une petite voisine compagne de jeux.

Un jour de Toussaint elle poussa une cousine tout habillée dans une rivière de Lorraine après l'avoir hypocritement priée de contempler des vairons.

Elle était si fantasque et indisciplinée que son père un soir avait menacé de la pendre. Il avait organisé tout le cérémonial dans la pénombre du grenier et, déroulant la corde, l'avait sommée de dire sa dernière prière. Elle l'avait cru et dans sa terreur c'est la rémission qui l'avait le plus étonnée.

Son frère aîné le battait si souvent, si violemment, qu'il sauta un jour par la fenêtre du second étage pour lui échapper.

À des années de distance le dehors était leur refuge commun. Le dehors, la multiplicité infinie des possibles. Le dehors où l'autre rive n'apparaît jamais, où toujours on peut continuer comme si les murs extérieurs n'étaient qu'un peu d'écorce à contourner.

Et maintenant ? Ils se regardent. Même maintenant ils peuvent toujours s'échapper. Rien ne les fixe, rien ne les borne. Ce pays où ils vivent est, plus qu'un autre, perpétuellement ouvert. Cependant le temps a prise sur eux, à lui ils n'échapperont pas.

Ce matin, après la première nuit de gel, il l'emmène au jardin. Il prend son bras et l'entraîne vers un rosier où deux roses si belles hier sont aujourd'hui frappées à mort. Elles se tiennent encore droites, côte à côte dans leur beauté arrêtée, avec leurs pétales à peine plus pâles mais dont chaque minuscule nervure est teintée de brun. Avec une amorce de courbure suspecte de leur cou. « Venez, nous serons ceux qui auront vu ces roses. »

Ils sont dans la chaleur de la pièce. Elle regarde le dehors, le front appuyé à la vitre. Nous serons ceux qui auront vu ces roses. Ce matin de gel léger, de beauté défunte. Elle écoute sa voix, cet accent qu'elle n'a pas, venue d'ailleurs, et qui chez lui s'ajoute aux mots leur offrant une musique grave et balancée, puis elle se retourne et le regarde, debout dans la chaleur de la pièce. Cinquante-sept ans de vie et la même inaltérable attention, la même émotion, comme s'il était encore l'enfant tapi dans les roseaux de la Sorgue tandis que l'appelle la dure voix du frère aîné. C'est bien cet ami-là qu'elle veut. À vingt-six ans de distance, il est son jumeau qu'elle reconnaît. Le temps qui les talonne n'aura prise que sur leur dos, pas sur leur visage.

Elle lui sourit. Ce matin restera gris, octobre avance. Ils se séparent pour vivre la journée, elle retourne au léger brouillard dont elle sort et pense à la chaleur de leur maison, là-haut. Là, aucun gel, aucune mort ne les surprendra divisées ou disjointes. Le froid définitif ne pourra que les engloutir ensemble.

Une voix exigeante et nue étend de colline en colline, jusqu'aux sommets où respirent les genévriers, un long signe désert. Dedans, dehors, yeux ouverts, fermés, elle l'entend et laisse la voix errer en elle. Ainsi le signe peu à peu s'accomplit, elle l'emporte dans le déchiffrable.

Elle voit tomber les feuilles, se dénuder les vignes, partir les oiseaux, mais les mésanges deviennent proches en même temps que s'installe l'hiver.

« N'attendre de l'hiver que l'essentiel des arbres, apothéose des oiseaux sans exil et la sauvage lumière de cinq heures. »

À sa table elle s'enfonce dans le silence de l'écriture.

Il est absent. Sa maison soigneusement close lutte contre les tempêtes de vent de mer. Volets fermés elle résiste aux tourbillons de feuilles, à la pluie divagante. (Il écrit de Paris de courtes lettres sombres, imprégnées de la noirceur collante dont souffre plus celui qui est habitué à la propreté des rochers, à la dure netteté du paysage dans la transparence de l'air.) Chaque fois qu'elle passe sur la route elle sait qu'elle attend son retour.

Puis il revient. Elle ne peut l'ignorer longtemps car, en même temps que lui, est restitué ce qui manquait au paysage qu'elle traverse. Ils se retrouvent avec la force de ceux qui sont nécessaires l'un à l'autre. À nouveau le feu de la pièce envoie ses lueurs rousses sur le bois de la table tandis qu'ils parlent ou se taisent. Une certitude les accompagne. La sévérité du poème les garde. Ils ne dévient pas mais rassemblent ce qui les fonde jour après jour.

La conduisant jusqu'au portail, au passage il cueille une des dernières roses. « Une seule pour vous deux, n'est-ce pas ? — Une seule rose. Oui. »

Car laquelle honorer plus que l'autre ? Celle que l'on connaît ou l'autre plus secrète, plus ombreuse, dans la maison verticale du village haut ? Celle que l'on a attirée ? ou celle qui attire et retient ? Aucune plus que l'autre, dit son visage levé, dangereusement exposé.

Dans quelques jours il viendra dans leur maison de pierre. Il y dînera et veillera avec elles près de leur feu.

Elle sait qu'elle force une porte qui refuse de s'ouvrir. Elle voit dans les yeux de l'aimée des larmes qui ne coulent pas mais elle continue obstinément sa marche. Car en même temps elle entend l'autre voix, sa voix à lui, dire le besoin qu'il a de sa douceur, et les deux voix deviennent en elle inextricables au point qu'une angoisse la gagne, corrodant la paix bienheureuse. Et malgré le non mesurable bonheur de se sentir aimée, sa part devient courte et ses terres se rétrécissent.

Dans la nuit tout à fait tombée elle part vers lui pour l'amener dans leur maison. (Il ne possède pas de voiture, il ne conduit pas.) Elle laisse derrière elle les pierres doucement éclairées, l'odeur du repas de fête, une musique qui leur est particulière et qui s'épanouit entre leurs murs.

Bien qu'il fasse nuit il est encore tôt.

Il l'attendait. Mais aussitôt entrée elle perçoit une différence. Quelque chose dans son visage, quelque chose de cassé, de délabré, a remplacé la tendre gravité. Un certain désordre dans la pièce témoigne d'une absence. Il semble qu'il arrive d'ailleurs, qu'il est là depuis fort peu de temps. Elle vient vers lui avec crainte et pendant qu'il la serre contre lui à l'étouffer presque il prononce des mots sans suite logique, des mots habités de mort et de mal, des mots violents qui emplissent toute la tête avant qu'on les ait véritablement entendus. Alors d'un mouvement des épaules elle se dégage de ses bras et reculant un peu elle le regarde. Elle voit sur son visage le passage de la peur. Elle lit dans ses yeux le morne et désespérant chagrin que n'atténuera jamais la résignation. Aucune résignation possible pour lui et pas encore la colère. Simplement le désarroi solennel, nu, l'aveu d'impuissance, l'envie de s'enfouir dans le vivant et dans le chaud pour échapper à la poursuite hideuse de la mort, pour se désembourber du froid de la mort, pour crier ce mot : mort mort mort et la conjurer de ne pas avancer d'un pas, de ne pas accroître son pouvoir. Elle tremble et revient vers lui. Ce soir il sait. On l'a renvoyé seul dans sa maison avec le soupçon planté en lui par la vieille médecine cruelle. Lui, un poète, un homme fort, il supportera. Il a supporté, c'est vrai, tandis qu'une voiture le ramenait chez lui, il a supporté tout au long du paysage que l'on peut voir, hautain et grave. L'intensité du jour déclinant le soutenait à son insu. Puis la nuit est venue sur la porte refermée, sur la maison oppressée d'ombres. Son pas à elle n'approchait pas encore. Et c'est dans l'intervalle que sa force s'est effondrée et voilà maintenant ses mains à elle qui caressent son visage, son visage à elle où il s'enfonce. Le pire il le lui crie et elle ne détourne pas les yeux. Cette douleur qu'il ressentait tous ces jours, mais non, on ne meurt pas ainsi, pas si vite, pas si loin. Elle ne le contredit pas, elle le croit et son effroi passe en elle. Il le sent au froid de ses mains, à son visage dont s'est retiré tout le sourire. Elle ne parle pas, le laissant délirer, elle prend sa main qu'elle embrasse. Ils sont debout, se voient-ils encore ? La maison les protège à peine de la nuit. Dans le désordre de la pièce, seuls les livres et les papiers n'ont pas bougé. Je vais mourir. Non ! lui crie-t-elle. C'est comme si elle endormait la terreur. Il s'est assis, la tête entre ses mains, et elle, debout contre lui, enserre ses épaules et le berce. « Restons ici si vous voulez, j'irai prévenir Sarah et je reviendrai. Ne sortez pas ce soir. (Il ne voit pas ses larmes qui tombent une à une sur son dos et que la laine absorbe.) — Je ne peux pas rester ici, je pars avec vous, je préfère. — Venez. »

Ils roulent sur la route déserte. Il se tient comme cassé près d'elle. Elle conduit d'une main, son autre main est dans la sienne. Il a mis la tête sur son épaule. Elle conduit lentement et sous le verre incliné du pare-brise, ils s'éprouvent dans la nuit très sûre. « Nous sommes les meilleurs amis du monde, n'est-ce pas ? dit-il soudain. Rien ne défera jamais notre amitié ? — Rien », dit-elle.

Ils sont dans la maison, autour de la table paisible et rouge. Tous les trois dans la pièce où rien ne bouge que leurs mouvements, où rien ne s'entend que leurs voix et quelques crépitements du feu dans la salle voûtée à l'étage du dessous. Semblable au village la maison se déploie dans le vertical, la vie y circule comme dans un arbre.

Ils sont trois. Ce soir encore l'équilibre le plus difficile du monde ne sera pas atteint. Des tensions secrètes entre eux sont en route, portées par des signes obscurs. Sarah entend les brusques silences qui espacent soudain et comme sans raison leurs paroles assourdies, elle voit leurs regards non partageables et peu à peu elle passe au travers des mailles de la présence et se trouve en dehors et comme rejetée. Lui, essaie d'oublier. Elle, émerge difficilement de l'angoisse dans laquelle il l'a entraînée tout à l'heure. Aussi le pain innocent posé sur la nappe rouge les rassemble-t-il mal, aussi leur réunion en ce lieu est-elle comme suspendue, irréelle.

Et plus tard, la salle de pierre aux volumes courbes, fondement de la maison où affleure le rocher, mystérieuse respiration vers le jardin, abrite ou berce un mal-être triple, incompréhensible sous les sourires.

Ils se disent au revoir dans la nuit déjà froide, près de sa maison où elles l'ont reconduit. La voiture s'est immobilisée, phares éteints. Ils sont debout. Alors elle lève sa main vers lui et la pose longuement sur son cou, sa gorge, siège du danger et de la douleur. Je suis avec vous, dit-elle. Sa chaleur, elle la lui donne sous les yeux de Sarah que ce geste inattendu, libre, attire dans la pleine lumière du cœur.

Sur la route du retour elles parlent. Dans la campagne déserte, vitres baissées, chacune entend la voix de l'autre lui parvenir. La bien-aimée rejoint la détresse qui déferla sur eux vers six heures et demie du soir. Ainsi s'éclaire l'attention multipliée qu'ils eurent entre eux durant les longues heures de cette veille. Pourquoi se sont-ils tus ? Leur était-elle à ce point étrangère ? « Je ne pouvais pas disposer de lui. Lui seul... S'il n'a pas parlé c'est qu'il a préféré laisser l'ombre, ne serait-ce que pour un soir. À partir d'aujourd'hui, ici et maintenant, il vit avec ce corps étranger, ce corps de mort. Pour nous rien n'est changé mais pour lui tout est changé. »

À cet instant précis commence le discours de fuite. Elle le sait, prononçant ces mots. Puisqu'en elle une fracture à retardement révèle une presque intolérable douleur. Sur la route noire qu'elles prennent à rebours elle voit clairement qu'une moitié d'elle-même glisse avec l'homme seul dans sa petite maison blanche et y demeure tandis que l'autre retourne à la chambre haute où l'appelle Sarah, ses yeux, sa bouche, son sexe, son corps pour elle uniquement perceptible. Une lame étroite, inflexible, au morfil redoutable est passée net au travers d'elle et enfin lui parvient le mot *chair*. Car c'est un mot de souffrance et d'abandon, le mot des tortures et des boucheries, le mot pauvre pour désigner le corps et jamais le plaisir ne peut le faire pressentir à moins que quelqu'un le détourne de sa trace solaire et en fasse cette fête triste où le corps n'est plus que chair. Mot qu'aujourd'hui elle découvre par force. Mais elle n'en dit rien. Mieux reliée à lui par le silence.

C'est le temps où les brouillards s'abattent un peu plus bas. Même brefs ils marquent les journées, rendent précaire la douceur de midi. Automne déchirant du Vaucluse, adieu qui n'en finit pas à un été si extrême que chaque fois la part déraisonnable en nous croit qu'il va durer toujours. Souvent, très souvent elle ouvre le portail blanc, suit l'allée de graviers, entre dans la tiédeur de la pièce où silencieusement il travaille. Car malgré le doute et l'incertitude, par-dessus la tenaillante angoisse de la maladie, entre le monde et lui reste tendu le fil que la mort seulement (ou l'absence de soi) pourra rompre. Dans les matinées froides, très tôt, quand il se lève c'est pour rejoindre. Qui sait même si son sommeil difficile ne se charge pas d'images et de phantasmes à délivrer au réveil ? Son dos qu'une chute de huit mètres a durement malmené aux jours de la Résistance restera toujours en lui le point noir de la lassitude. L'espace du lit ne peut le reposer que quelques heures d'un sommeil de volonté. Levers solitaires bien avant le jour dans la maison vide. Table où s'accumulent les lettres, les livres offerts en hommage, les notes, les préfaces, les papiers, les comptes rendus de toutes sortes, en un remuant paysage austère et sec, blanc et noir, où brille par instants un poème dont la lumière se continuant, gagnant tout ce qui l'environne, durant au-dessus de l'éphémère au jour le jour, demeure la plus substantielle nourriture. S'il écrit, il est le plus sauvé des hommes même en ces jours de désespoir. Cependant elle sait qu'il désire sa présence, que cet homme sauvé par le poème est presque comblé quand il peut partager avec elle la parole encore chaude, à peine sortie de son écorce de nuit. Et tous deux arpentent des chemins où personne encore n'a marché. Doucement, lentement, ils soulèvent les mots que n'a pas encore durcis l'encre des imprimeurs et sur lesquels aucun commentateur ne s'est penché. Naissance des poèmes. Il convient seulement de les regarder comme des êtres distincts, issus de l'écart indicible entre la nuit et le jour en soi-même. Oui, peut-être que les entendant lire ou les lisant on les regarde surtout, mais comme aucune autre chose au monde. Ils sont rassembleurs de nos forces éparpillées.

C'est pour les voir ainsi devant lui, c'est pour les extraire de son obscure carrière qu'il se lève tôt, c'est pour eux qu'il veut oublier la mort et sans doute il l'oublie en ces moments brefs où l'écriture, même si elle nomme la mort, est souverainement vivante pour la nommer.

« Il est tard, je ne suis pas rasé, pardonnez-moi ! » Elle sourit et lui dit qu'il est aussi beau ainsi et c'est vrai que cette ombre un peu sauvage sur son visage ne la gêne pas, ni le désordre léger de la pièce. Comme si les choses avaient bougé durant la nuit. Souvent elle ne fait qu'une courte halte auprès de lui, un souhait pour la journée qui vient, un arrêt en passant et parfois en ces brèves minutes, comme à son insu, il avoue d'effrayants cauchemars qui ne l'assaillent pas la nuit mais le jour, des hantises fabuleuses où il se projette en des miroirs déformants non pas accrochés à des murs mais suspendus ou collés à l'intérieur de son corps. Cellules photoélectriques, radars qui le renseignent sur la progression de son mal en d'imaginaires à-coups, plus réels, plus clairement compréhensibles que les paroles du médecin ami qui pousse la porte presque chaque jour. Elle l'écoute et sous ses yeux baissés elle sent son regard s'agrandir. De ces matins où, passante, elle ne s'assied pas, elle emporte l'épine vénéneuse. « Revenez vite ! »

Elle revient. Pour être avec lui et pour qu'au moins le partage entre eux ait à nouveau lieu, que regardant ensemble la petite charrue de Braque sur son mauvais papier quadrillé, ils rêvent aux défrichages nécessaires. Ces grands travaux saisonniers, cycliques, qu'il leur faut entreprendre en eux-mêmes pour ne jamais devenir sourds, muets ou aveugles, pour durcir le cri en parole et pour discipliner ce qui court et galope devant eux. Ce faisant ils oublient ce qui s'assied et se tait dans un coin reculé de la pièce où ils parlent : la mort, sa proximité redoutable. Ils ne bougent pas la lampe mobile pour ne pas éclairer les murs. Les heures passent, sept heures, huit heures, neuf heures... Alors elle se lève, prend son manteau sans dire qu'elle doit partir et lui ne dit rien non plus, sachant que toujours elle repartira. Il allume la lampe extérieure violente et blanche et glissant son bras sous le sien il l'accompagne jusqu'à la voiture. Devant la portière qu'elle entrouvre il la serre longuement contre lui.

C'est un de ces soirs-là qu'il lui a dit : ce n'est pas la nuit qui tombe, c'est le jour qui se lève sur moi quand vous êtes là. D'autres qu'elle peut-être souriraient mais elle le croit et ne sourit pas, ou alors, c'est d'un tout autre sourire.

Elle reprend la route dans le noir. Le temps qui s'était comme arrêté, qui était resté suspendu entre les murs de sa maison et marqué d'une odeur de pommes, ce temps revient à sa conscience avec son sang.

Dans la maison chaude et haute du village, dans le champ ouvert à tous les projets, elle retrouve son aimée sans bien la reconnaître. Le regard heureux qui l'accueille s'effondrera au bout de peu d'instants et contre elle, le visage étroit surchargé d'attente et de tension cédera sous la poussée des larmes. Sans un mot de reproche, à sanglots courts, l'amour donné, oui, ne sait-elle pas tout ça ? L'amour, leur amour... Ici tout est vie, même les fruits violents sur la table, même ces larmes qui parlent plus que les mots.

Pourtant que peut-elle répondre ? Ce poids trop lourd à soulever... Aussi ne dit-elle rien, caressant seulement le visage en pleurs, sentant une fatigue s'infiltrer entre ses épaules, attendant.

La chambre le matin. Souvent elles s'y éveillent en même temps mais cette nuit le sommeil les a prises très tard après un long, interminable désaccord. Elle ouvre les yeux la première et, ne bougeant pas, elle regarde la chambre.

Qu'est-ce qu'une chambre sinon le lieu du lit ? Dans le volume des murs blancs, une douceur prodigieuse qui parfois fait désirer : je voudrais mourir là. Même les angles y sont adoucis et les yeux qui s'ouvrent le matin voient d'abord ce que donne le fenestron ouvert sur le sud-ouest, sans volet ni rideau : le dehors, pareil ici à une peinture de Morandi puisque le soleil levant éclaire fortement le côté ocre, sans fenêtre, d'une autre maison assez éloignée cependant pour que cette surface d'un jaune vieilli soit ce profil lumineux qui fuit dans le bleu profond. La masse de la maison se confond avec l'ombre, la brillance n'atteignant que le toit de tuiles si anciennes que les oiseaux picorent dans les mousses interstitielles. Ou alors l'un d'eux appelle et chante, juché juste à l'angle. C'est la première image du jour qu'offre la chambre parce que le fenestron est percé dans le mur vers lequel est tourné le lit. Inévitable regard de chaque matin par tous les temps depuis beaucoup d'années. L'autre fenêtre, à la gauche du lit, ouverte sur l'est, laisse seulement passer le soleil au travers des volets et du rideau de lin. La chambre est très admirablement nue. Couchée, elle ne voit que le haut de la petite armoire ancienne et la surface du coffre de chêne marqué d'entailles par des bergers espagnols. Le sol de terre cuite, elle ne le voit pas.

Dehors le vent bouscule, froisse les arbres de la colline, bruit continu de feuillages remués proche de celui, intervallaire, de la mer.

Elle ne bouge pas.

De peur d'accentuer en elle la sensation du creux où elle se trouve, d'en faire s'ébouler les pentes convergentes, d'en déranger le très provisoire équilibre. À peine pense-t-elle. Autour d'elle la chambre, lieu vers lequel de toute la force du feu qui les brûle, elles ont espéré durant des années. Elles y demeurent enfin. Pourquoi en ce jour déjà lointain de septembre a-t-elle écrit pour lui cette lettre ? Peut-être que, comblée au-delà de toute mesure, elle pouvait en elle déverrouiller toutes les portes, aller au-devant... ? Elle a bien fait. Sur elle pèse désormais ce regard de gravité qui l'accompagnera jusqu'à sa mort. Même s'il ferme les yeux et disparaît du monde des vivants, pour elle il les ouvrira toujours. Elle est augmentée de ce regard qu'elle sent posé sur elle tandis que dort Sarah. La menace de la maladie ne l'atteint pas, ne lui ôte rien de son acuité triste ou gaie. Comme si rien n'était changé... Elle regarde la chambre, elle est couchée dans la chaleur du lit. Aucun bruit, aucune odeur dans la maison bien que le soleil ait passé la crête de la colline. Rien ne bouge à l'étage des enfants. Alors elle se tourne vers la droite du lit et très doucement, très lentement, réveille l'amour, l'appelant sur elles deux, l'inventant une fois de plus dans le seul temps qui ne se compte pas, le recevant.

Si tu pouvais croire, si tu pouvais réellement entendre, mon amour, toutes les paroles que je te dis, les peser, les mesurer à l'intérieur de moi, là où malgré mon désir tu ne circuleras jamais comme le sang et la lymphe, tu saurais que ma fidélité à toi vient de mon corps autant que de l'envie continuelle d'être parfaitement seule avec toi seule. Alors tu ne pleurerais plus, tu ne t'étonnerais plus de mes absences.

C'est ce qu'elle dit sans mots, faisant l'amour. Sarah l'entend-elle ?

Puis la fuite du temps dans le jour paisible. De toutes les fenêtres de la maison, de toutes les échappées des rues du village on ne perd jamais de vue la colline, la lumière sur les térébinthes rouges.

Il est à nouveau loin dans le bruit de Paris. Mais pas seulement le bruit : une intensité d'une autre nature. Ce qui se traduit ici en lumière, en silence provocateur, existe là-bas en tension, en efficacité d'échanges. On peut passer d'un monde à l'autre sans rupture si l'on emporte en soi la rigueur foisonnante et odorante de la garrigue et si l'on n'oublie pas au retour la ville, sa prodigalité infinie. La grande et complète ville dressée et serrée sur elle-même d'où la nature s'est totalement retirée.

Il ne peut voyager qu'ainsi. C'est-à-dire qu'en ces jours où il s'éloigne, il ne faut pas l'imaginer. La transhumance des poèmes ne se fait pas dans la dépendance des saisons, elle obéit à d'autres lois plus secrètes où les rencontres pèsent lourd.

Une lettre de lui — « Permettez-moi de vous donner votre prénom seul. La réciproque est souhaitée » — parle de mal-être. Elle annonce aussi son retour : « nos conversations au Viala me manquent ». Elle revoit le jardin désert où les feuilles mortes courent vers les angles, s'y accumulant en tas humides qu'un vent plus sec à nouveau dispersera.

Votre prénom seul.

Tant de liberté entre eux lui a fait oublier ce détail, et puis on nomme plus dans les lettres que dans la vie. Froide, dangereuse pétrification des lettres. Elles explosent, elles brûlent, mais le temps les mord encore plus vite. Elles devraient être écrites, lues et jetées. Or on ne les jette pas, pourquoi ? Peut-être sont-elles sacrées dans leur fugace, éblouissante trajectoire ?... Et pour elles on paie si peu, ce petit timbre comme un cliché qu'on ne voit plus. Elles disent la vie fragmentaire, et toujours un peu fausses et toujours un peu vraies, elles appartiennent à la famille des miroirs.

Quand il reviendra, quelques jours après, elle entrera dans la pièce chaude où il écrit. Il se lèvera comme à l'accoutumée après avoir dit « Entrez » d'une voix sonore. Il saura alors qu'elle l'a attendu mais à la manière dont on surveille la courbe du jour, la chute du vent. Il est un élément d'elle et à lui seul une fraction du paysage comme si sa haute stature pouvait contenir du côté de la plaine le déferlement des collines pressées, car il se tient à la lisière de la beauté rugueuse. Passé sa maison la tension se relâche dans une civilisation d'eaux, de roseaux et de champs savamment cultivés. L'ombre et les platanes, les fontaines, ces cafés où l'on s'attarde autour du pastis... Pourquoi le voit-elle se lever, quitter sa table et venir vers elle avec ce geste de ses bras ouverts ? Et pourquoi s'y sent-elle déjà enfermée et tenue quoique étant là, dans le sec et le rocailleux, confrontée à l'inflexible oblique de la colline où remuent les chênes verts ? Il est l'ami dernier venu, préféré peut-être, nous sommes vulnérables l'un par l'autre. La poésie traverse notre vie, elle repose sa longue errance dans nos yeux qui voient le même pays. Ainsi pense-t-elle, l'attendant parmi les jours calmes.

Refuser l'idée de mort, rejeter la grignotante idée de mort par toute la vigueur du paysage, la verdeur grise de l'étendue. Se souvenir que parfois l'inattendu arrive avec une aussi tranquille évidence que Noël après le temps de l'Avent. Vivre et poser devant les yeux des enfants, sur la longue table de la salle, les oranges, les kakis, les grenades dont la peau sèche s'ouvre en brusques fentes sur le carmin profond, et la nuit, la nuit dans la chambre, rejoindre la chaleur de Sarah et dans la fièvre des mouvements fous, ouvrir le lit, ouvrir le sexe pluriel dans la même seconde interminable au même plaisir fulgurant. Entre les murs blancs bleuis de lune qu'imprègne encore l'encens de la veille et peut-être celui des autres nuits car son odeur ne quitte plus le lieu, faire surgir une fête longue, ralentie, née du corps et s'y ensevelissant, née des mots du corps et les justifiant, née du trouble et l'engendrant. Ainsi le cercle sur lui-même, ainsi le commencement et la fin dans la maison obscure.

Décembre vient. La dureté du vent éloigne la brume et chaque jour commence dans une lumière impitoyable. Bleu du ciel, froid dont souffrent les feuillages, leurs racines à l'abri dans la terre où noircissent les truffes. Temps vrai dans lequel on marche accompagné du silence de l'hiver.

Elle regarde le soleil dans les yeux de l'aimée. En contrebas le village apparaît, plus minéral encore. Rien ne leur manque sinon la durée infinie d'être ensemble. Plus brèves que les pierres mais traversées du désir de durer que ne connaissent pas les pierres. Fortifiées de ce désir que n'entame aucun émiettement de leur unité. (Mais il vous sépare peut-être à votre insu, dit la voix de la méchanceté... Vous vous faites parfois souffrir à cause de lui. Ne croyez-vous pas qu'il le sait ?) Non il ne nous sépare pas, pense-t-elle, notre force est aussi de souffrir à cause d'un autre. Qu'adviendrait-il de nous si nous étions si closes sur nous-mêmes qu'aucune onde venue d'ailleurs n'aurait le pouvoir de nous atteindre ?

La voix se tait. Devant elle, dans le chemin descendant où roulent les pierres heurtées par les pieds, Sarah marche, légère, écartant les genêts. De terrasse en terrasse elles regagnent le village puis à nouveau la maison, le feu, le thé. Rythme végétal des journées dans lequel elles trouvent leur assise, rythme incompréhensible à ceux qui ne le vivent pas. Ce soir lorsque s'allumeront les lampes, la nuit noire derrière les vitres, la nuit d'hiver tôt venue les encerclera de sa présence. Chambre dans la maison, maison sous le toit de tuiles rondes, toit entre les toits, village dans un pli du Vaucluse, Vaucluse dans la pierre du monde, monde entre les astres. Vie, leur vie comme un nucléus de silex au centre de sa gangue calcaire. Nul ne le voit, nul ne le sait, qu'elles, dans leur bien-aimée solitude.

Un mot de lui a signifié son retour et l'appelle. Elle passe le portail de bois et soigneusement le referme après son passage. Elle marche lentement avec un regard pour les sauges déshydratées par le vent, pour les romarins qui jamais ne se portent si bien qu'en hiver. Dans la maison tiède il trie un monceau de papiers épars. La fatigue est sur lui, elle le tient entre ses serres, cela se voit avant même que son sourire monte jusqu'à ses yeux. Elle est éblouie de le revoir là, proche, vivant. Ils s'assoient en face l'un de l'autre et une fois de plus ce qu'ils se disent au commencement n'a aucune importance. Ils écoutent chacun la voix de l'autre occuper le volume sonore de la pièce et plusieurs minutes passeront ainsi. Puis ils parlent. Elle s'enferme avec lui dans sa lassitude, ses doutes, ses soucis — il ne se sent pas mieux, sa sœur qui lui est chère est très malade, on ne peut plus rien pour elle, il est rentré plus tôt pour veiller sur sa fin de vie —, elle prend ses mains et les regarde. Des mains parfaitement intelligentes. « Vous ai-je manqué ? — Oui », dit-elle.

« Il faudra sortir, se promener ensemble. Entre Le Beaucet et Venasque, je connais un chemin où l'été on trouve des mûres délicieuses, jamais je n'en ai vu d'aussi belles. Nous secouerons dehors notre poussière. »

Mais l'été est encore loin devant eux. Un été heureux, comme une promesse improbable. Il faut vivre, tenir, pense-t-elle. Et en même temps, au même degré de profondeur et de désir, prendre ce qui vient.

Il s'approche d'elle, s'éloignant de cette table où tout lui rappelle à la fois les plus austères devoirs et les joies violentes, veloutées de douleur, des poèmes. Mais son geste est seulement de contourner la table de travail et de la voir autrement dans l'ordre inverse, tandis qu'elle-même se souvient de la sienne, lieu d'attente et d'échange silencieux. Si bien qu'ils se retrouvent de l'autre côté, non divisés, habités de songes jumeaux. Il la serre contre lui, elle s'enfouit dans cette amplitude qui la contient, et ce grand balancement où il l'entraîne, elle le suit les yeux fermés. Dérive sans pensée où ils sont ensemble tandis que le soleil exalte entre les murs l'odeur de fenouil et de pomme. « Au moment où vous entrez, je ne veux plus savoir que vous venez d'ailleurs, je veux oublier que vous allez partir. Personne ne le comprendrait, que nous puissions être aussi tendres, aussi effusifs et pourtant amis. Cela nous est propre, c'est notre évidence à nous, on pourrait nous croire amants, on se tromperait : nous pouvons échapper aux fixations, aux engloutissements dans le stable. Nous sommes mobiles, nous sommes aériens, demeurons incompréhensibles aux autres. » D'autres mots se perdent, se heurtent et se chevauchent dans ses cheveux, des mots de retour et de souvenance qui font courir entre eux deux le flux de vie et qu'elle n'a pas besoin de clairement entendre pour les comprendre et les accepter. Ils les lient, les attachent au même déchirement bienheureux, et surtout que personne, dehors, ne fasse crisser le gravier avant de frapper à cette porte qu'ils ont refermée sans hâte. Mais c'est le matin, personne ne viendra, ils peuvent prendre le temps de s'égarer dans le labyrinthe, d'y contourner des buissons entre lesquels la mort se cache puis finit par être oubliée. Durant ce parcours leurs paroles sont de reconnaissance l'un pour l'autre et ils se quittent fortifiés.

« Vous reviendrez vite ? — Je reviendrai vite. »

Cette fois c'est le soir. Un mauvais vent tourne autour de la maison fermée. Ils sont assis côte à côte dans le canapé profond de velours vert. Ils regardent très attentivement des dessins, des lithographies, des gouaches, des gravures qu'il sort à mesure de deux cartons. C'est un soir d'hiver, il est déjà tard, plus de huit heures sans doute, mais entièrement absorbés dans la peinture ils ne s'en rendent pas compte. La lampe inclinée sur eux éclaire violemment deux gravures au burin de Vieira da Silva qu'ils comparent : l'une est tirée sur Japon, d'ardentes obliques enrichies de parties charnues comme les grains d'un épi strient l'espace vertical, pressées de rejoindre un point invisible, l'autre sur Arches est un subtil échafaudage de verticales et d'horizontales très courtes aux extrémités effilées, l'œil se sent convié à une montée inévitable quoique le parcours puisse en être indéfiniment variable car toutes sortes de relais et de chicanes privilégient à chaque instant une ascension différente, un oiseau s'y reconnaîtrait. La première gravure accompagne un poème sur la chambre et la seconde un poème sur la vérité. Par le lien de nécessité interne qui unit chaque gravure à son poème elle apprend à regarder la peinture, elle entre. D'où la lenteur, le temps qui ne se compte plus et il pressent à ses côtés la bouleversante illumination.

Maintenant... maintenant elle naît à une réalité différente par une irréversible démarche, le seuil qu'elle franchit, elle en prend conscience à cause du paysage brusque qui se découvre de l'autre côté, paysage habité d'une respiration ample et grave qui ne décrit rien, ne paraphrase rien mais reste savamment parallèle aux ondes que provoque le poème. Est-ce cela le mystérieux regard que le peintre porte sur son œuvre quand il la sent achevée ? et s'il ne s'agit d'aucun poème, si l'origine de sa peinture est en lui-même, de quelque nom qu'on la nomme, quel est le parcours de fidélité ?

Dans le silence absolu de la maison, alors que le vent dehors se démène, il se dit qu'il aimerait son innocence, ce regard premier dont il peut seulement se souvenir. Alors il parle, s'abandonnant à chaque image, essayant peut-être à travers le dédale de sa vie de retrouver la trace en lui de ce long compagnonnage avec la peinture. Ce qu'il libère, ce soir elle peut seulement l'entendre. Un jour plus tôt eût été trop tôt, mais ces choses, on ne les sait qu'après et toute la vie ensuite on peut penser qu'elles auraient pu ne pas se produire et laisser là, en vous, un creux, une absence demeurée innommée. Mais elles ont eu lieu.

Sur ses genoux il pose *La Vallée* d'Arpad Szenes. C'est une gouache longue aux ocres intenses, un petit rectangle de papier quelconque, couvrant un peu plus que les mains. Un petit rectangle de papier fatigué, rien peut-être pour qui serait trop pressé. Mais arrivé là sur ses genoux, c'est toutes les herbes sèches couchées où les pieds glissent, le fond où forcément l'eau se rassemble, la demi-ombre, la demi-lumière, l'impatience et le dévalement de l'air. Et c'est bien plus encore car le dehors si sublime soit-il ne devient opérant en nous que si nous le mangeons comme une nourriture. Cette peinture, c'est le vu d'une vallée, de toutes les vallées, du dehors digéré, incorporé, c'est la résultante d'un long regard jamais distrait, jamais détourné, le regard exprimé d'une vie tout entière qui regarde. Sur ses genoux repose un signe qu'elle n'attendait pas de ce soir, que peut-être elle aurait cherché ailleurs, le signe de la voie qui la concerne depuis sa naissance. Elle ne parvient pas à bouger ses yeux, à relever la tête. Elle est libre devant lui de demeurer rivée à cette peinture. Il attend.

Le carton peu à peu se vide. Au moment de le refermer, brusquement il se décide à un geste qu'elle ressent aussitôt comme inscrit dans un rite, relié à ces silencieuses cérémonies qu'ils célèbrent ensemble et dont celle d'aujourd'hui culmine hors du temps des montres : il lui donne cette lithographie de Braque sur laquelle, au-dessus d'un de ses poèmes, un oiseau bleu vole en tenant suspendue dans l'air par un acte de volonté magique — car il ne la touche pas — une pierre, bleue elle aussi. Et puis il lui donne encore la seconde gravure de Vieira da Silva. Il prend une gomme, efface avec douceur sur la gravure la dédicace qui lui est adressée. Il entoure soigneusement de papier blanc ses deux cadeaux. Elle le regarde faire, incrédule mais à peine étonnée par ce geste qui lui ressemble, qui est bien dans sa manière follement tendre de lui dire bonjour quand elle arrive auprès de lui.

Il la reconduit dans la nuit. Une fois de plus elle perçoit la difficulté qu'il éprouve à s'arracher d'elle pour retourner à sa solitude. Elle n'ouvre pas tout de suite la portière de la voiture et reste debout à ses côtés dans le vent. Ils se voient faiblement et ne se disent rien.

Quand elle pousse la porte de la maison il est tard. C'est à ce moment-là seulement qu'elle sait qu'il est tard. Le couvert est mis avec soin, une musique habite la pénombre. Ainsi on l'attend de lieu en lieu très doux et d'autres meurent sans jamais avoir été attendus par quelqu'un, sans même imaginer le désir d'être attendus ou d'attendre. La bien-aimée vient vers elle, c'est sa chaleur qui se blottit, toute fatigue à l'instant même oubliée. Alors elle parle de la peinture, des peintres entrevus et elle dépose entre ses mains les deux images fragiles, présent extraordinaire de l'ami. Croyant en même temps lui apporter la révélation de ce jour, l'ouverture sur une réalité agrandissante. Mais les mains de Sarah se détournent, ses yeux brillent trop sous la lampe. L'heure est passée depuis longtemps d'attendre un partage qui ne s'offre pas, ce ne sont pas les images-souvenirs d'un moment parfait dont elle fut exclue qui vont pouvoir maintenant la nourrir. Non. Une vie se vit entre eux dont elle se retire puisqu'elle n'y est pas invitée, et qu'importe la peinture...

Elle sait maintenant qu'il est tard et qu'il fait froid auprès de ce feu qui brûle pauvrement bien avant dans la nuit. Elles sont assises sur le rebord de brique du foyer. Des mots injustes les emplissent, ces mots d'amertume qui souillent la voix. Un cri rôde. Il se défait dans les larmes, n'atteindra pas la sécheresse à cause de la non-dureté de leur cœur. Elle regarde la cendre où s'étouffent les braises et dans un vœu silencieux, sans retour, elle accepte ce saccage pour qu'au moins l'ami solitaire et douloureux dans sa maison à l'écart vive bien, vive longtemps, échappe encore à la sinistre fenaison de la mort. Puis elle se lève et sort.

Elle fait ruisseler l'eau sur son corps, rafraîchit sa révolte. Ne pourra-t-elle plus, parce qu'elle aime Sarah de cet amour qui est sa vie, ne pourra-t-elle plus jamais s'approcher de quelqu'un dans la troublante incertitude de l'amitié ? Ce parcours qu'ils viennent de faire ensemble, devrait-elle l'effacer en elle parce que dans cette nuit de février d'autrefois — nuit qui couvre encore aujourd'hui de son feu courant en avant d'elles comme ces incendies de garrigue — elles échangèrent, les yeux immensément ouverts, le don, le seul ? Non, elle refuse. L'amour n'est pas une prison. C'est parce qu'elle se sent parfaitement fidèle qu'elle exige d'être entièrement libre. Les deux termes sont liés au point que si l'un des deux vient à manquer, l'autre n'existe plus. L'autre n'existe plus... est-ce si sûr ?

Nuit qui couvre encore aujourd'hui de son feu courant en avant d'elles...

Elle revient dans la pièce centrale de la maison. Sarah n'a pas bougé. Droite, presque rigide, elle attend que le lit de braises devienne charbon. Demain, crissant, il sera séparé de la cendre. Mais elle ne regarde rien, enfermée dans l'unique pensée. Accessible peut-être à la porte qui vient de s'ouvrir, aux pas qu'elle pressent, à cette présence soudain à côté d'elle, silencieuse aussi.

La nuit. Mais pas la nuit du dehors. Elle a posé la tête sur son épaule et Sarah aussitôt oublie tout ce qui n'est pas elle. La nuit du mystère de l'aimant qu'aucune rouille ne corrode, la nuit des gestes, la nuit confondue de leurs corps, la durée épaisse reliée aux années, prise dans la sédimentation de leur désir. Ce qui les conduira au sommeil dans la chambre rejointe, ce n'est aucun mouvement de réconciliation mais l'évidence traversée une fois de plus de l'amour entre elles, du lien de l'amour.

Ainsi des jours, ainsi des nuits succédant aux jours. Elle pense souvent que seul l'amour justifie que deux êtres vivent ensemble. Qu'il n'y a aucune autre raison, mais que si cette raison est vivante alors il faut l'explorer en tous sens, oublier jusqu'à la limite de la mort.

Elle pense aussi que certains prennent un soin infini de l'argent, qu'ils y engloutissent toute leur énergie et qu'ils s'enrichissent. Elle préfère prendre un soin extrême de l'amour.

C'est vers ces jours-là qu'une femme arrive chez lui. Il rit d'abord de sa tumultueuse entrée, de l'extravagance de sa vie, puis il la garde auprès de lui. Elle s'habille de rouge et de noir, occupe les divans de la maison comme une chatte de grand prix.

Alors elle espace ses venues bien qu'il la prie de s'arrêter chez lui aussi souvent, plus souvent encore.

Noël vient. Sous le ciel dur et bleu la haute maison traverse des jours de feuillage, d'odeur d'oranges et de cire, des jours légers dont les enfants se réjouissent. Elles se regardent amoureusement de part et d'autre de la longue table recouverte de toile rouge. Autour d'elles, signes fixes, les enfants sont mobiles.

Vivant, elle arrache au temps de sa vie des poèmes dont l'écriture se durcit, s'assèche. La rigueur de la pierre gagne peu à peu son propre accès à l'imaginaire. En même temps qu'une liberté accrue la parcourt comme si en elle une zone éponge, après avoir été repérée, disparaissait définitivement par un geste d'autodestruction de l'humide et du sans contours. Geste sans retour, il va de soi.

Aussi quand ils se rencontrent à nouveau dans la lumière remontante de janvier peut-elle lui apporter des poèmes qu'il lit avec complicité, ils parlent longuement de l'irruption toujours désirée de la poésie dans leur vie. Assise à sa table, lui debout derrière elle, elle découvre à son tour ses poèmes les plus récents, leurs corrections inépuisables en approches successives du dire le meilleur, le plus ajusté à la cible.

Mais il est inquiet. À nouveau sa santé le trahit et cette femme a trop envahi sa maison à son gré. Tout est prétexte à l'humilier, à lui démontrer l'inanité de ses pauvres pièges. On ne se conduit pas en femme fatale dans une telle maison. C'est, du moins, sa version à lui. Cependant quand il ordonne à O. de préparer du thé pour elle puis de bien vouloir les laisser en paix, elle ressent une gêne épaisse et se demande si le piège dans lequel cette femme est tombée n'est pas d'une tout autre nature incomparablement plus retorse que les artifices usés du maquillage provocant et des poses lascives.

Une telle maison. Elle est petite, isolée entre les arbres. Son crépi blanc, ses volets blancs ne doivent pas faire illusion cependant, ni l'aspect frustement familier de la salle commune au rez du jardin. Ni sa porte de verre. À l'étage sa chambre à lui garde ses volets mi-clos nuit et jour même en hiver par temps gris et cette chambre obscure a toujours exercé sur elle une bizarre fascination. Elle se demande pourquoi, alors qu'elle est assise dedans, elle sent bouger en elle ce regard sur le dehors de la maison et aussi sur le « dehors » des pièces, leur aspect objectif tel que n'importe quel visiteur indifférent pourrait le saisir. Il a dit tout à l'heure « une telle maison » avec une inflexion de voix qui l'a immédiatement alertée. Serait-il soudain trop puritain, infiniment trop puritain ? Comme si quelque chose tout à coup fissurait son discours, le scindant en deux blocs dont l'un concernerait la nuit entretenue de sa chambre et l'autre la vie avouée au rez du jardin.

Mais non, elle écoute sa voix, renoue le fil interrompu, sourit à ses yeux, redevient...

Que redevient-elle ? Pour la première fois l'élasticité interne marque un temps d'arrêt, une fatigue : elle ne redevient pas exactement ce qu'elle était en entrant aujourd'hui dans sa maison. Mais il ne peut s'en apercevoir. Elle seulement mesure la différence. O. toujours vêtue de noir et de rouge, belle d'une beauté fabriquée de princesse d'Assur, lui apporte du thé qu'elle ne partage pas. Il se tait, regarde les deux femmes se faire face mais il se trompe : elle, s'évade dans la nuit qui approche et pense que toute cette lumière ralentie est encore celle du soleil glissant sur la courbe de la terre et elle regarde la fenêtre, détournant de lui ses yeux, obstinément. Peu lui importe cette femme qui n'est entrée là que pour satisfaire des phantasmes qu'il a pressentis puis désiré associer aux siens. Qu'ils soient ensemble pour le temps qu'il leur plaira, ce simulacre de couple où l'un est le maître et l'autre l'objet tombé en servitude, qui n'a même plus son autonomie murée d'objet distant et différent et que l'on affuble d'un nom étrange, volé : une femme.

Il ne faut pas s'offusquer des travestis, pense-t-elle. Ils ne représentent peut-être que le mode exacerbé de ce que les hommes ont fait des femmes pour leur propre plaisir indéfiniment remis à plus tard. Aussi courent-ils et s'essouflent-ils.

Elle regarde la lumière s'éteignant et les éléments divers du dehors, les branches, les pierres, la haie, la terre, le banc qui s'animent d'un relief propre à cette heure-là. Lumière rasante. Elle aime lire jusqu'à ce que les lettres s'amalgament en lignes grises. Ainsi sent-on la nuit tomber.

Depuis longtemps O. a quitté la pièce et pourtant elle est encore absorbée dans un silence et une immobilité qu'elle rompt pour boire lentement le thé refroidi. Il n'a pas allumé la lampe. Il s'approche d'elle. « Je suis tombé bien bas, n'est-ce pas ? C'est la solitude, l'excès de solitude. Il faut comprendre. — Pourquoi me dites-vous cela ? Vous n'avez de comptes à rendre à personne. — Vous ai-je fâchée ? — Non, quelle idée vous faites-vous des liens entre les gens ? Vous m'avez attristée peut-être, un peu, mais je n'en suis même pas sûre... (Elle sourit, le regardant.) Ce qui est si merveilleux, c'est qu'il n'y a pas de brouillon de la vie. Si cela était, on n'aurait droit à aucune marge d'erreur, on avancerait, abominablement sûr de tout. Au lieu de quoi tout est si tremblant, si incertain... — Et la mort si floue. — Nous sommes dilués dans des dangers excessifs. C'est là que nous puisons notre tranquillité quotidienne, si étonnante au fond. Alors les jours passent. O. peut s'installer ici, vous irriter tout en vous plaisant tandis qu'une femme, deux, plus peut-être, vous aiment ailleurs. Tout cela fait partie de votre "innocence" et, je le soupçonne bien, de votre "génie". Et moi je passe, j'ai envie d'être un instant proche de vous, je le suis et je retourne ensuite à ma vie. Pourtant vous êtes aussi ma vie. Ça n'a donc aucun sens de dire que je retourne à ma vie. Non ? — Vous savez tout. Je suis pauvre auprès de vous. — Non. Je ne sais presque rien. Mais vous êtes mon ami, c'est pourquoi je ne peux pas dire après vous avoir vu "je retourne à ma vie". C'est pourquoi aussi je m'attriste d'amours probablement dérisoires. — Oui, dérisoires. Mais peut-être qu'ainsi j'ai moins peur. »

La fragilité tremblée de certains de ses poèmes, non, ce n'est pas un détour, une feinte pour attirer l'attention. C'est la courte nuit commencée tôt, prolongée par l'aube pénible. C'est le lever matinal sans allégresse. Distance, toujours cette distance qu'il faudra franchir jusqu'à la colère ou la douceur de rencontrer autrui. Toi, à cinq heures du matin, pense-t-elle.

Mais à quoi peut servir de parler puisque parler n'apporte aucun remède, aggrave peut être les plaies ?

Elle s'en va. Ils suivent l'allée de graviers. Puis elle manœuvre la voiture, lui l'aidant de quelques gestes. Il referme les deux battants du portail que pour elle il a ouvert.

Roulant vers le village, elle pleure sans objet, presque sans but. Elle prononce aussi à voix confuse quelques mots dont elle ne sait plus s'ils sont de lui ou d'elle. Des mots tout à l'heure échangés sans suite devant la fenêtre. Fenêtre contre laquelle il lui semble maintenant qu'ils se cognaient, plus faibles, plus moulus de fatigue que ces insectes qui luttent tout un jour en vain et que l'on retrouve recroquevillés, secs.

Par pudeur ou par prudence, leurs paroles dans les jours, les semaines qui suivent, se tiennent à la surface des choses. Elles émigrent hors d'eux-mêmes. C'est comme s'ils dormaient.

On trouve de minuscules pâquerettes au fond des ornières herbues de certains chemins bien ensoleillés. Déjà on peut emporter du fromage, du pain, des pommes, et les manger dehors dans un creux bien abrité du vent avant de marcher dans la lumière violente du milieu du jour, sur la pierre à peine humide. Puis rentrer dans la maison tiède et retrouver le travail interrompu. Le silence du village est un silence parfait de fin d'hiver. Il n'intéresse que ceux qui l'aiment jusqu'à s'en soûler, ceux qui trouvent la vie trop courte et veulent doubler sa durée intérieure. Ainsi sont-elles.

Il est rare qu'elle le trouve seul. De plus en plus rare. Sauf le matin où il peut espérer lui aussi des heures de travail. Quelque chose doit avoir changé dans sa vie car des allées et venues ont lieu autour de lui. O. est encore là, un peu plus mal tolérée de jour en jour. Ce soir un éditeur d'art venu de Genève attend de lui un titre à la postface qu'il vient d'écrire pour un livre posthume de Camus encore inédit. C'est un homme bienveillant, actif et doux. Il va et vient dans la pièce que manifestement il connaît bien. Il entreprend avec elle une longue conversation sur le soin des gens d'autrefois, sur leur imagination qui souvent rejoignait l'art. Il connaît une magnifique collection d'outils anciens de chirurgie dont chaque petit pommeau est sculpté. Elle l'écoute tout en regardant son ami assis à sa table de travail. Elle sait que le titre est écrit depuis un assez long moment et qu'il prend le temps de bien l'entendre en lui avant de le communiquer et même qu'il retarde l'instant où E. va bruyamment s'enthousiasmer. Puisque c'est ainsi : on écrit sauvagement, presque désespérément des mots que personne n'écoute et puis l'âge vient avec son cortège de fatigues et d'honneurs et dès lors quelqu'un existe toujours pour recueillir pieusement vos paroles et les embaumer aussitôt dites. C'est la mort à l'œuvre, personne ne peut s'en réjouir. Viens avec moi au jardin, pense-t-elle, nous regarderons ce qui se prépare au printemps, toute la munificence anonyme. Mon ami parfait de toutes tes imperfections rassemblées, viens, laisse parler cet homme gentil et doux dans la pièce où brûle le feu...

Voilà, il s'est retourné et tend à son hôte un papier porteur de sa longue écriture couchée où subsistent çà et là des courbes apprises à l'école primaire. Titre et postface qui piloteront le livre à travers le hasard des acheteurs, sont là, dans les mains de E. qui jubile. Elle se sent gênée tout à coup, regrette d'être venue à l'improviste pour contempler ce moment « historique », mais comme il passe derrière elle pour atteindre un livre, il la prend par les épaules et se penche tendrement vers elle. E. lit attentivement. Ils se sourient et peut-être que la pièce est vide. On boit, on échange des verres et des souhaits. Seul Camus est mort mais il est oublié.

Elle ne se sent rassurée que beaucoup plus tard lorsque E. et O. s'étant absentés à la ville voisine, elle peut l'entendre dire dans la pièce vraiment vide, cette fois : « Tout ça, ce n'est rien, c'est du vent. » Alors ils rient et elle s'en va à son tour. Pourtant avant de la laisser s'asseoir au volant, il la serre longuement, passionnément contre lui. « Je voudrais tellement vous retenir ici ! » Et les voici dans la nuit tout à fait tombée, nuit humide annonciatrice de printemps. Les branches bougent, certaines, basses, frôlent leur visage. Ils sont debout entre la haie et la voiture au bord d'une route peu passante et quelque chose se délite qui les extrait du temps, quelque chose venu d'eux, sans nom, qui les force à errer bien qu'immobiles au long d'une frontière imprécise. Moment étrange qu'elle n'oubliera jamais. Elle ne saurait en évaluer la durée ni surtout en déchiffrer le sens. Longtemps, longtemps après, elle ne pourra pas encore en lire le trajet en elle et pourtant elle n'y repensera jamais sans une extrême douceur et innocence comme si de très loin, des années enfouies, surgissait à nouveau le non-savoir absolu de tout.

Si bien qu'ils se séparent sans un mot, par mégarde dirait-on, et qu'il retourne à l'ombre de son allée que n'éclairent plus les phares et que peut-être le vent de la nuit perd son humidité moelleuse et devient sec. Froid, qui sait ?

Elle, rentrée dans la maison, parle avec surabondance de l'éditeur de Genève, mais tait farouchement cet arrêt qu'ils eurent ensemble auprès de la haie.

Vient le temps pour elles d'entreprendre la restauration d'une maison ruinée afin d'y établir un grand lieu de travail à l'écart de la maison d'habitation. À force de regarder les pans de murs encore debout et de voir surgir des figuiers, des roses trémières, des giroflées d'entre les pierres disjointes en chaque endroit où les pluies ont entraîné un peu de terre, elles se prennent à rêver d'une architecture souple, proche du végétal, aux angles doux, imprécis, blanche pour le soleil. Une équipe de maçons vient. De vastes travaux commencent, on déblaie pour retrouver l'assise, le rocher calcaire du village. On déblaie longtemps, un grand mois. Un manœuvre sarde trie les pierres nécessaires à la reconstruction. Elles ont décidé qu'elles se laisseraient guider par l'ossature du terrain, ses niveaux naturels, et par ce qui peut être sauvé des anciens murs.

Ils parlent ensemble de ces travaux. Elle lui décrit minutieusement l'état des lieux, comment la grue a extrait et déposé au sol d'énormes auges de pierre dont elle ne connaît pas exactement l'usage ancien. On les a retrouvées sous des éboulis. Elle pense que dans un an on pourra à nouveau habiter cette maison dont toutes les ouvertures donneront sur la colline et sur une oliveraie en pente rapide. Il la regarde et pendant qu'elle parle elle sent ce regard sur elle et c'est cela qui la fait sourire tout à coup à propos de rien. Ils se tiennent dans la continuité d'une conversation sans fin. Ils peuvent l'interrompre et la reprendre à leur gré, durant les silences elle se poursuit, même s'ils semblent s'en détourner. Elle scrute sur son visage les marques d'une trêve que peut-être accordera la maladie puisqu'elle le désire passionnément intact, pareil à lui-même, aussi invulnérable que certains de ses poèmes. Parfois elle découvre une confirmation de son désir, parfois non. Elle ne triche jamais, se réjouissant alors ou laissant libre cours à sa tristesse. Elle lit à mesure ses poèmes, levant les yeux vers lui si quelque obscurité passagère demande une lumière d'un instant, une indication brève.

Son prochain livre sera admirable, mais en plus de sa solidité coutumière, il possédera ce tremblement étrange, sensible parfois dans d'inoubliables peintures qui enclosent au centre de leur beauté formelle un espace différent, d'un autre monde, où tout peut arriver. D'où leur fragilité et le trouble qu'elles répandent autour d'elles, émané d'une intensité de leur présence doublée d'une incurable absence. Lisant ces poèmes encore vierges de tout commentaire, elle parcourt mentalement le livre futur où ses propres traces à elle traversent furtivement la déchirure. Elle sait que les poèmes ne sont pas des constructions mais le souffle, l'irréductible aspiration et expiration de l'air. Elle oublie tout, les lisant.

Plus tard, elle s'interroge sur cette absorption. Elle se souvient — c'était un jour de pluie, elle lisait dans une voiture, attendant son mari —... une prépublication dans la *N.R.F.*, un extrait trop court. C'était la chute d'un météore de poésie. Elle en avait été illuminée et brûlée tout ensemble. Et maintenant, sans l'avoir cherché d'aucune manière, elle demeurait dans ce village où lui-même avait vécu plusieurs années tandis qu'elle était une petite fille très loin de là et du bruissement vert de la Sorgue. Maintenant ils se connaissaient et s'attendaient. Lui-même disant souvent qu'elle lui avait été mystérieusement envoyée par La Tour de cette Lorraine froide et brumeuse. Ils souriaient tous deux de ces coïncidences, elles les émouvaient, en vrai, bien au-delà. Est-ce pour cela que ses poèmes lui sont si proches qu'elle les traverse en se les incorporant, bien plus qu'elle ne les lit ?

Il lui annonce aujourd'hui qu'il est à nouveau seul. Cette femme est partie enfin, il l'en a priée violemment. Le soulagement excède, efface peut-être l'amer dégoût de soi, pourtant elle écoute avec réserve ses paroles. Ne montre-t-il pas quelque hypocrite injustice ? Qu'il se souvienne... Quand O. est venue le voir, n'a-t-il pas été attiré par sa beauté féline ? Qu'elle lui soit apparue à l'orée d'une vie mouvementée ne lui déplaisait pas, bien au contraire ! les jours étaient courts, les nuits bien trop longues et la solitude accrue par l'hiver. À présent les jours durent et les mésanges s'activent, aucune angoisse n'assiège sa maison, il est plus facile alors de vivre seul dans un soleil qui a d'un coup fait fleurir les cognassiers du Japon et tant d'autres fleurs de haies moins prestigieuses. D'ailleurs tout le vaste jardin — elle l'a remarqué en passant — est gagné par l'euphorie.

Ces détails n'auraient peut-être guère d'importance pour un autre que lui mais elle sait qu'il a vu aussi bien qu'elle le brusque changement dans le ciel, estimé aussi justement qu'elle l'allègement de l'air. Or ce n'est pas tout. Visité comme il l'est chaque jour, la solitude lui est délectable, elle nourrit l'œuvre jamais achevée d'une nourriture presque perverse qu'il recherche comme une drogue. Il ne l'avoue pas, ses paroles le masquent, mais elle en est sûre. Il n'a pas supporté la présence d'O. comme il ne supporterait aucune présence prolongée. Toute conjugalité est exclue pour lui. Ces choses, elle les lui dit à voix légère, tranquillement, assise à ses côtés sur un muret de pierres en surplomb, dans le soleil si vif déjà qu'il l'oblige à fermer presque les yeux. Elle balance ses jambes, ses pieds frôlent une énorme touffe de sauge où le vert revient. Oublieux de l'heure ils sont là, sur un rebord de mur, oubliés de tous aussi en un tel moment, réfugiés dans des pensées communes et c'est presque gravement que soudain il se tourne vers elle. « Vous en êtes là où moi je finis. Vous savez tout. » Et bien sûr elle rit, n'en croyant rien. C'est seulement quand il s'attriste, qu'elle accepte une chose aussi folle. Puis ils rentrent dans la maison et boivent du vin d'orange.

Il y a aussi cet après-midi tiède où entrant chez lui elle le trouve en état d'humeur maussade. Une jeune femme est là qu'il conseille dans la traduction d'un poète italien. Elle a déjà traduit un certain nombre de poèmes mais échoue encore à leur donner une vie libérée, parallèle à leur origine. Apparemment la séance de travail touche à sa fin mais quelque chose est resté en suspens, un point sur lequel ils ont buté, n'ont pas pu se mettre d'accord et chez lui l'irritation perce sous la politesse. Ou peut-être la traductrice montre-t-elle quelque lenteur à le suivre dans ses intuitions. C'est presque avec colère qu'il se lève et lui donne congé, l'accompagnant pourtant jusqu'au portail. Ne vient-il pas de la lui présenter comme étant la belle-fille de son ami médecin qui de façon aussi discrète que fidèle veille sur lui ? Quand il revient il ferme la porte derrière lui avec allégresse et s'arrêtant net sur le seuil, ouvrant les bras, il s'écrie : « Toi ! » Elle regardait le feu, elle se retourne et voit un autre homme. Là, dans la pièce raisonnable. Il la rejoint, prenant aussi un siège bas et ils sont assis côte à côte, les genoux au menton, devant l'âtre. Ce jour est clair, particulièrement clair. « Tutoyons-nous, veux-tu ? » Elle dit qu'elle le veut aussi. Alors ils se taisent comme ne trouvant plus rien à se dire, comme si les mots devaient tout à coup se frayer un autre passage et dégringoler de leurs dents et s'imprégner de leur salive autrement que jusqu'à cet instant où ils allaient tout seuls sans que rien les retînt. Et ce nouveau langage, s'il les rapproche soudainement l'un de l'autre, en même temps les rejette à leurs pudeurs adolescentes. Il prend sa main, en examine longtemps la paume puis s'oublie une fois de plus dans ce monologue éblouissant traversé de silences où elle-même, chaque fois, a l'impression de disparaître comme roulée dans une vague. La vague d'aujourd'hui charrie d'étranges lambeaux de mémoire où brillent des vers luisants car il a posé son visage dans sa main à elle, ouverte, et il s'égare sans retenue dans le labyrinthe de sa vie passée, parlant de lui, parlant d'elle, sans aucun souci de clarté ou de cohérence, merveilleusement délirant. Amoureux d'elle, oui, elle le voit maintenant. Des vers luisants. Est-ce dans son enfance, est-ce il y a peu de jours qu'il en a trouvé au revers d'un fossé ? Ou ceux d'il y a peu de jours ont-ils réveillé brusquement ceux d'autrefois ? Elle ne le saura jamais puisque ce qui compte pour lui, c'est que la lueur d'une seule de ces petites lucioles vertes puisse soudain éclairer son visage à elle d'une lumière suffisante dans la nuit mentale.

Et beaucoup plus tard (mais ils sont encore ensemble à regarder le feu) : « J'envie ton fils. J'aurais aimé que tu sois aussi ma mère. » Elle ne bouge pas, ayant encore dans la poitrine une oppression ancienne qu'il n'y a probablement aucun espoir de sentir s'alléger au point d'être nulle tout à coup. Ils se tiennent la main, ils sont deux enfants qui ne peuvent pas tout recommencer. Ce qui tombe, ce qui s'efface, c'est leur prodigieuse différence. Le temps, son infranchissable marge et son abolition brusque, cependant.

Lorsqu'elle part il se lève douloureusement. Alors ils se regardent longtemps, droit, loin, et même s'ils se trouvaient au milieu d'une foule ce même regard les en séparerait et il n'est pas besoin d'une foule pour les contenir, des murs d'air y suffisent, l'appui aussi sur les arbres et sur les romarins entre lesquels ils marchent dans une allée d'ombre.

Sa sœur est au plus mal. Ce soir, alors que le vent de mer et de pluie dévaste tout sur son passage, il attend dans sa maison le verdict. Elle peut durer mais elle peut aussi s'éteindre d'un instant à l'autre, bien plus menacée que le feu qui vacille sous les rafales. Il n'a allumé aucune lampe. Il est assis devant l'âtre, recroquevillé, dirait-on. Un ami très jeune lui tient compagnie, allant et venant de temps en temps à cause du bois. D'imaginaires bruits de pas le font sursauter. Plusieurs fois déjà. Cependant personne ne vient. Elle le regarde. L'ombre progressive de la pièce a curieusement touché d'abord son visage, toute la zone haute du visage et presque masqué ses yeux. C'est tout l'épais, le terreux de lui qui émerge comme si s'écartait la poésie solaire, souveraine, qu'il sait si bien appeler entre lui et la douleur. Elle ne parle pas mais l'entend remonter dans son enfance où sa sœur fut la seule douceur dont aujourd'hui il se souvient avec une force qui décape la mémoire et fait briller des moments engloutis. Elle devine la vrille qui le taraude. Il se lève, va chercher une photographie sur laquelle on peut la voir à ses côtés ainsi que deux autres jeunes filles, sous un arbre. Cette photographie ne semble pas réelle.

Les dentelles, les rubans, une pose trop longtemps gardée ne retiennent pas la vie sur les visages. Cependant il pense que sa sœur fut très belle et il se demande ce qu'il percevait d'elle, au juste, en ce temps-là. Et maintenant elle est occupée à mourir, elle a fini son parcours. Elle, lui. Comment ne pas réunir en un sort commun — à quelques années près, bien moins qui sait ? — ceux qu'ils furent, frère et sœur, sur une même image d'un jour d'été ? Car c'était l'été, l'arbre a des feuilles, des feuilles qui font de l'ombre par terre. Ainsi tout est si bref.

Cette femme ne sait pas qu'elle meurt. Ces jours derniers sa principale occupation consistait à découper les draps de son lit ou ses vêtements en longues lanières. Elle ne le reconnaissait plus, pour elle sa présence auprès de son lit était comme nulle. Il a donc cessé de se rendre dans le petit Hôtel-Dieu de la ville non sans avoir offert à la jeune religieuse garde-malade une gerbe de roses rouges. Présent que cette dernière a contemplé d'un regard effrayé avant de le porter à la chapelle en manière d'exorcisme. Il raconte cela à voix basse avec une lueur d'amusement dans les yeux.

Personne ne vient et la nuit est tout à fait tombée. Il dit qu'il veillera seul, qu'on peut allumer les lampes, dîner. Ce qu'ils font tous les trois autour de la table un peu froide, nette, animée du noir des olives parsemées de brillantes feuilles de laurier. Ils mangent aussi du pâté de grives et une salade de fruits. C'est la première fois qu'elle prend un repas dans cette maison et il le lui dit avec une certaine tristesse. Elle ne lui répond pas car elle est triste elle aussi. Puis il se lève et dessert la table, ils l'aident vaguement et c'est lui encore qui lave la vaisselle, trouvant indigne de la laisser pour la femme de ménage qui vient le matin.

C'est presque aussitôt après, qu'elle s'en va les laissant seuls. Il ne l'accompagne pas dans l'allée de graviers. Elle lui dit... elle ne sait plus ce qu'elle a envie de lui dire et se détourne brusquement. Il entend sa voiture démarrer puis le bruit décroître.

Cette sœur, qu'elle n'a jamais vue et ne connaîtra pas, agonise dans l'hôpital si joliment dix-huitième siècle qui est une des gloires du pays. Elle prend régulièrement de ses nouvelles, elle ne pourrait pas exactement préciser pourquoi. Peut-être une façon d'attendre à distance avec lui ce que l'on nomme l'issue et qui évoque une porte verrouillée, cadenassée, tout à fait à l'écart. Comme dans les contes où une semblable porte est toujours dissimulée par des ronces dans un coin de parc, elle ne s'ouvre qu'une fois par vie. Au téléphone c'est une voix neutre qui lui répond et le commentaire est bref.

Elle ne sait plus combien de jours se sont écoulés depuis l'autre soir. Elle le devine anxieux, épris plus que jamais de solitude. Un matin un garçon monte au village et frappe à la porte : il est venu apporter la nouvelle de la part de l'ami. Celle que l'on appelle encore Madame D. est morte à l'aube de ce matin de février. Elle écoute à travers lui le message. Qu'est-ce que la fin de cette femme pour elle sinon la mort qui rôde non loin de lui ? Sinon ce pas silencieux sur les graviers qu'il craint d'entendre trop tard et que perpétuellement il guette ? Pour lui tout est prétexte à ce guet. Elle demeure là, immobile, et soudain se décidant elle demande au garçon d'attendre. Elle lui confie quelques lignes écrites dans la hâte, dans la tendresse aussi. Qu'il les lui porte et lui annonce sa venue bientôt. Elle a déjà vu ce garçon, fils de la femme de ménage, il était assis un jour dans la pièce où travaille son ami et il racontait sa première journée d'embauche après sa réussite au C.A.P. Il parlait joyeusement tant il lui était peu habituel d'être écouté et questionné de la sorte. Aujourd'hui il participe au deuil. Dans cette maison de solitaire c'est sa mère qui organise et règle les détails matériels, exerçant ainsi une sorte de règne au niveau des choses indispensables, règne honorable mais ingrat dans lequel elle n'est pas absolument sûre de se maintenir.

Elle s'étonne du surgissement en elle de telles pensées qui semblent n'avoir d'autre but que de la détourner d'une pensée unique ou plutôt d'un désir : comment être avec lui en ces jours, comment l'aider sans lui ôter le silence et l'intimité nécessaire avec la mort ?

Elle devine que rien ne doit le soustraire à la fascination et qu'il ira seul jusqu'au bout d'un certain parcours. Elle ne le sait que vaguement, ainsi qu'il suffit de savoir ce qui importe à ceux que l'on aime, car on peut les aider seulement à travers un champ démesurément libre et encore cette aide ne consiste-t-elle qu'en un regard qui comprend tout.

Madame D. a été transportée chez lui. Il la veille seul dans la petite salle aux murs blancs, à la porte de verre. Les volets sont clos.

Elle n'assistera pas à la mise en terre de Madame D. car elle ne l'a jamais rencontrée et son existence n'a compté pour elle qu'incorporée à la pensée de son ami. Maintenant peu importe le corps, il n'est plus qu'une apparence distraite. D'ailleurs un court voyage la retient loin du village durant trois ou quatre jours. Ses enfants sont en vacances.

Au retour elle s'arrête au passage. Sarah l'accompagne. À leur entrée dans la maison où il parle avec un ami, la conversation tombe et il se lève précipitamment pour venir à elles. Ce qu'elle remarque, c'est une incroyable différence entre celui qu'il est aujourd'hui et celui de l'autre jour qui attendait la mauvaise nouvelle. C'est l'après-midi, la pièce est inondée de soleil tiède et d'un inexprimable soulagement. Contrairement à son habitude il est vêtu d'un chandail sombre, fin, presque collant, et contrairement aussi il semble extraordinairement gai. D'une gaieté folle qui touche à l'excitation.

En se promenant hier il a découvert dans une cabane de pierre des dessins érotiques que Matisse, dit-il, aurait pu signer tant ils sont fermes et incisifs. La main qui les a laissés là est une main inconsciente de ses dons. Il faut aller voir ces dessins, il les y conduira lors d'une prochaine promenade. Oui, tous les trois, l'ami, Sarah, elle, devront à leur tour les découvrir.

Elle regarde Sarah longuement, amoureusement, Sarah qui la regarde elle aussi. Quelques secondes elles oublient qu'on les voit. Il les a vues. Dans l'exubérant flot de paroles se creuse un grand blanc et voilà que sa voix à lui, changée tout à coup, raconte une incohérente histoire de valises oubliées sur un quai parce que le trouble l'envahissant brusquement le jette dans une dérive qu'elle seule peut arrêter net. Ce qu'elle fait en posant sur lui un regard étonné, interrogateur, et l'histoire aussitôt reste en suspens, s'ensable. La conversation la submerge, la gaieté aussi, comme si dans cette maison le passage de la mort avait levé un interdit. Plus tard la lecture d'un certain poème l'éclairera, elle devinera la transgression. Il est aujourd'hui celui qui rit sur une tombe, son temps de solitude, sa veillée mortuaire conduisent à ce rire.

Quand ils se disent au revoir près du portail il attend que Sarah s'éloigne de quelques pas pour la supplier, elle, de revenir vite.

Elle rassemble des poèmes. C'est une étrange opération. Quelque chose s'est durci dans son regard et c'est à partir de ce noyau, de cette concrétion qu'un jugement prend naissance. Elle s'essaie à élargir une distance, c'est comme si elle s'ingéniait à voir sa démarche, comme si elle tentait d'entendre sa propre voix. Ce n'est pas un jeu de miroirs, c'est une attention sèche, pauvre en quelque sorte, à laquelle elle se livre patiemment. Son ami lui a proposé d'emporter ses poèmes chez un éditeur qu'il connaît bien. Il y a déjà quelques mois de cela mais elle a tardé, ne s'estimant pas prête à cette épreuve. Elle aimerait que la vie des poèmes ne soit pas assignée à des limites, qu'elle puisse sourdre, exploser, dormir. Qu'un simple arrêt du corps, un arrêt de cinq minutes seulement au bord de la vertigineuse idée de mort, soit un poème qui se passe de tout support et n'aboutisse jamais sur aucune page. Elle désire que les poèmes écrits, rassemblés, nommés ne soient rien d'autre que des coups profonds ébranlant l'assise dangereusement stable de toute vie.

Elle entre chez lui. Il est deux heures, c'est tôt pour l'après-midi mais il lui est impossible de faire autrement. Elle a laissé Sarah fatiguée et fiévreuse couchée dans leur lit afin qu'elle s'y repose et l'y attende. Elle ne rentrera pas tard. Elle le trouve sur le point de partir, une voiture va venir le prendre, il ne sera de retour que vers six heures. « Je reviendrai demain, plus tard peut-être. — Non je t'en prie, je t'en supplie, viens ce soir. Tu n'as que trop tardé. Viens. » Violemment il l'attire contre lui, là, dans l'angle sombre où ils sont debout. Elle détourne son visage lorsqu'il cherche sa bouche. Son baiser se change alors en une traînée chaude qui va s'emmêler dans ses cheveux.

Elle retourne vers le village. Elle oublie qu'elle conduit, ne voyant que les chênes verts, la haute paroi calcaire barrant l'horizon proche. La route est vide. Curieusement elle se sent à l'écart de tout, même Sarah, la pensée de Sarah n'atténue pas la séparation. Elle est seule sur une route déserte entre des végétaux sourds. Elle aura bientôt trente-deux ans. Elle aimerait s'arrêter, s'enfoncer dans un de ces chemins de gauche qui disparaissent dans la garrigue mais Sarah l'attend, Sarah qu'à nouveau elle quittera ce soir. Aussi continue-t-elle. Sur la petite place elle gare distraitement la voiture. Descendre la rue étroite — chaque fois sonnante à cause du bruit des pas —, longer quatre façades dont l'une penche dangereusement, se déprenant des trois autres murs, cela use à peine une minute du temps qui court. Déjà ayant poussé la porte elle est dans la maison puis dans la chambre où Sarah se repose. La lumière douce d'un jour atone, un peu gris, cette lumière se répand mollement sur les surfaces horizontales où les objets perdent leur intensité, la poterie hittite surtout dont l'aspect poudreux gagne sur la forme. Elle ne se sent pas plus lisible pour Sarah que Sarah en ce moment ne l'est pour elle. Comme si entre elles cette même lumière médiocre ressemblait plutôt à un voile qu'il serait pour une raison inconnue malaisé de soulever. Le poêle de la pièce voisine, encore allumé, lui est un prétexte pour s'éloigner et remplir lentement deux seaux de charbon. Cette corvée ne lui pèse pas en ce jour où elle aimerait trouver jusqu'à ce soir de nombreuses occupations insignifiantes, assez astreignantes pour la maintenir dans une sorte de vide. Elle s'attarde dans le bûcher, examine la réserve de bois, répand de l'eau en pluie sur le tas de charbon afin de diminuer la poussière lorsqu'on y puise, range quelques papiers épars gardés pour l'allumage des feux. Ce qu'elle veut éviter à tout prix, c'est le questionnement de Sarah, mais n'est-il pas inévitable ? Elle s'oblige même à le considérer comme naturel, pourtant elle sait qu'elle ne le supportera pas, si peu inquisitif soit-il.

Or Sarah ne dit rien, ne demande rien. On la sent tout juste étonnée d'une telle hâte à retourner voir l'ami rencontré si souvent et dont la maison trop proche tend à devenir une présence continuelle.

Par un caprice du vent si prompt à surgir, elle marche dans l'allée de graviers sous un ciel clair. Quand elle arrive près de la porte un visiteur sort de la maison, visiteur qu'elle connaît, que son ami reconduit sur le seuil. Ils se saluent et se retournant pour le voir s'éloigner elle reçoit en plein visage, annulant tout regard, la splendeur du soleil couchant avec sa brillance propre aux soirs de mistral. C'est pourquoi elle ne distingue pas, la suivant de peu, une femme à la haute et large stature qui vient juste de croiser dans l'allée l'autre qui s'en va. Elle n'entend que le soupir excédé de son ami, ce froissement de paroles basses dans sa bouche puis sa voix nette à présent, presque coupante, qui éloigne et renvoie l'importune. « C'est ma fille, je la verrai demain. » Elle entre, précédée d'une immense jonchée de soleil sur le sol rouge, il referme sur eux la porte et rétablit l'ombre. Elle ôte son manteau, pose sa besace de laine. Ses cheveux sont fous sur sa peau froide et seule la chaleur de la maison brusquement les lui rappelle. Cheveux qu'elle ordonne de ses doigts, lui la regardant. Entre cet après-midi enveloppé de jour cotonneux et ce soir, il s'est glissé une imprévisible légèreté dans ses gestes à lui, une allégresse qui dans ces murs-là étonne. Non qu'ils soient tristes, mais graves plutôt, et gardant la mémoire de certaines blessures dont il ne veut plus jamais parler. Il met sommairement de l'ordre dans la pièce, apporte sur un coin de table du vin d'orange, fait tourner la clef dans la serrure.

Fait tourner la clef dans la serrure. Si rapide qu'ait été le mouvement, si furtive la main, elle ne peut ignorer la fêlure en elle, immédiate. La voici à nouveau bloc de solitude comme à deux heures de l'après-midi. Entre Sarah et lui, à mille lieues d'eux brusquement. Il ne peut s'en douter car elle parle d'une voix égale, d'une voix qui le suit patiemment dans ses allées et venues tandis que du canapé où elle est assise elle le regarde.

Il dit aussi qu'il a posé dans le réfrigérateur des choses délicieuses pour le dîner.

Il a quitté la pièce. Il marche dehors, sorti de la maison par la porte-fenêtre voisine. Il pousse les volets puis il rentre, ouvre la fenêtre et de l'intérieur les ferme. Il efface ainsi sur le sol la dernière coulée du jour, rouge sombre. Il supprime le crépuscule interminable des jours de vent et en échange allume une lampe. Il ne parle plus. Elle se tait. Les paroles d'elles-mêmes se sont espacées, et, au juste, que se disaient-ils ?

« Je suis très fatigué. Permets-tu que je m'étende un moment ? » Elle prend un fauteuil, il s'allonge sur le canapé.

Dehors le jour doit s'éteindre. Elle voit la chambre où Sarah elle aussi étendue a laissé ouverts les volets. Un court instant elle oublie tout hormis le vide où toute communication casse comme du verre. Elle a dépassé le seuil, c'est fini, elle va devoir vivre ce dont déjà elle se souvient.

Lui pourtant, yeux mi-clos, la guette. Son immobilité, son silence l'embarrassent plutôt, il se sent rejeté à d'anciennes, éprouvantes timidités, mais il compte sur la nuit et en attendant son emprise augmentante sur eux se repose, car il ne veut pas être fatigué.

Elle est vêtue de laine et de velours.

Elle est assise, droite, en face de lui. Seul l'anneau d'argent de sa main gauche luit dans cette zone d'ombre où ils se tiennent, la lampe est inclinée vers l'autre mur. Elle ne semble préoccupée ni par l'heure ni par la liberté qu'il a prise en s'étendant devant elle. Il pense qu'il aurait dû avoir l'énergie de faire du feu mais que le plus important ce soir c'est d'annuler tout l'en-dehors de la pièce et précisément le rappel en elle de la maison où continue sa vie.

Où continue sa vie. Ce sont les mots qui portent les fissures, nos microdrames silencieux. Elle est là, elle est revenue ainsi qu'il le lui a demandé aujourd'hui mais la distance à franchir reste entière. Et ensuite ? Puisque la nuit une fois traversée revient le jour. Une immense fatigue entre en lui, pourtant ce sourire, oui, ce sourire...

Elle écoute le vent, un grincement quelque part se répétant. La grande ammonite dans la cour ne bouge pas sous les rafales. La mesure du silence est comble. Aussi se décide-t-il soudain. « Pourquoi ne viens-tu pas parler à côté de moi ? — Je ne parle pas ! — Est-ce un problème moral pour toi si tu t'étends auprès de moi ? — Non. Ce n'est pas un problème moral...

— Alors viens ! »

Ils sont là tous les deux, dérivant avec un rythme de pensée et de parole qui n'est pas celui de la verticale, qui est plus lent, plus sourd. Ils sont allongés l'un près de l'autre sur le canapé de velours. Personne ne peut venir, personne ne viendra. Il commence faiblement à être heureux. Elle a dans la poitrine ce rocher qui l'écrase et dont ne l'a pas protégée le plafond couleur de miel. On dirait que le vent l'a égarée là, sous ce toit précaire et qu'il a dépêché sur elle toutes ces sautes brusques qui font trembler le dehors. Pourtant elle ne bouge pas bien qu'il ait passé sous elle son bras, l'amenant tendrement contre lui. Peut-être ferme-t-elle les yeux mais de cela non plus elle n'est pas sûre. Elle est blottie dans l'ombre de ses vêtements à lui et maintenant, le faible rayonnement de la lampe, elle ne le sent plus. Personne ne viendra et la nuit peut commencer sur eux. Il suffit qu'un instant elle oublie.

Il pense que ses yeux qu'elle tient clairement ouverts sur lui depuis des mois vont enfin s'emplir du trouble majeur. Toute fatigue évaporée il glisse son autre main sous sa tunique entre ses seins emprisonnés. Très vite, avec une agilité mercurielle, il a repoussé la laine, posé son visage là, dans le creux bienheureux, reçu sur sa bouche la chaleur la douceur l'odeur autour desquelles il rôde sans le dire depuis des mois et même ce brusque mouvement de tête lui donne, une fraction de seconde, de rejoindre cette rondeur et tout son lait imaginaire.

Mais elle n'a pas oublié. Et maintenant le rocher s'est dissous dans l'air. Elle arrête sa fièvre, pose sa main sur ses cheveux. « Ne bouge plus, écoute-moi, je suis une femme heureuse. Je n'étais pas en état de manque lorsque je suis venue vers toi. » Elle ne le regarde pas. Elle parle doucement comme pour elle-même, les yeux ouverts en grand sur les lambris parallèles du plafond. « Je suis une femme heureuse, tu entends ? Si j'étais seule au monde, si ma vie n'était pas ce qu'elle est, c'est avec toi que je vivrais. Mais je suis immergée dans l'amour et c'est pour cela uniquement que je te demande de ne plus bouger, de ne pas aller plus avant. Je te comprends, je ne savais pas. » Elle ne fait pas un seul mouvement pour se dégager de lui mais elle glisse entre lui et elle la netteté de sa douceur. Lui qui se soulevait, lui dont la force pulvériserait le moindre de ses gestes, revient au long d'elle enfouir son visage dans son cou. Il la tient entre ses bras refermés. Ils restent longtemps sans paroles.

Pour la première fois il échoue mais pour la première fois les mots échec ou réussite n'ont plus aucun poids. Comme le grain dont la paille a été séparée. Une violence insidieuse vient de le battre sur une aire où il se retrouve étourdi. Le trouble espéré est un trouble d'une autre nature. Un livre blanc aux pages blanches s'entrouvre sur une réalité à laquelle sans le savoir il avait renoncé. Il désirait un lit avec elle et il marche au bord d'un gouffre sans que rien soit changé à l'apparence. Dans la pièce à demi obscure ils sont couchés l'un près de l'autre. Beaucoup de temps a passé.

« Tu ne me désires pas ? — Non, parce que je désire Sarah. — Parce que je suis un homme et que tu ne peux aimer qu'elle ? — Non, je pourrais t'aimer si je ne l'aimais pas. Tu es le plus précieux de mes amis, pour toi j'ai tremblé et je tremble plus que pour tout autre, tu me manques quand tu es loin, avec toi je suis bien, c'est vrai. — Tu n'as jamais peur de moi ? — Jamais. Je crois tout ce que tu me dis. Même si tu ne me dis pas la vérité tu ne me mens pas, tu ne peux pas me mentir. — Alors tu sais que je suis malheureux ? — Je le sais. »

Elle ne dit rien d'autre que cela. Elle le dit plusieurs fois, de différentes manières, mais seulement cette chose-là, dure et inébranlable comme un roc. Il n'a aucune prise. En lui la fièvre tombe et même la tristesse s'estompe, une fatigue bien connue revient. Il s'endort contre elle et durant un long moment elle regarde sans être sûre de le voir vraiment le dessin de Giacometti, un angle de rues, une fuite de murs et de fenêtres, là, sur la droite. Elle ne pense pas à Sarah mais bien plutôt à l'amour en elle, à la trajectoire sauvage de l'amour en elle. Aux mots que l'on ne peut pas prononcer deux fois sans les tuer.

Même la mort... surtout la mort.

Quelque chose vient de passer sur eux qui pour l'instant les anesthésie l'un autant que l'autre. Rémission singulière, blanc dans la mémoire et la pensée. L'heure oubliée.

Quand il s'éveille, ils se regardent. « Tu ne guériras pas de moi, dit-il. — Je n'espère pas guérir. »

Levé, il marche dans la pièce mais elle ne peut s'empêcher de revoir ses gestes allègres, son impatience contenue lorsqu'il fermait la porte, les volets. Ils ne boivent rien, ne mangent rien. Il n'y aura pas de fête pour eux ce soir dans la petite maison blanche à l'écart. Tout le possible bute et ne peut contourner.

Dans l'allée, sous les étoiles dégagées par le vent du moindre lambeau de nuage, ils sont debout, immobiles, n'avançant pas encore vers la voiture qui l'emportera, retardant la séparation. « Regarde, le ciel est plein de sperme ! — Oui, si tu veux... » Et s'ils rient, c'est pour se secouer d'une douleur.

Elle franchit la distance d'un trait, conduisant vite. Avant de quitter sa maison elle s'est brusquement souvenue des poèmes rassemblés qu'enfin elle lui avait apportés car il part bientôt, elle le sait. Elle les a posés sur sa table de travail où il les trouvera demain. En ce moment peut-être. Lui signifiant ainsi qu'elle ne l'a jamais, une seule seconde, supposé capable d'un troc. Mais un doute lui vient à présent. Un tel geste ne va-t-il pas lui faire un peu plus mal encore ? Va-t-il être compris ?

Le village lorsqu'on y pénètre en pleine nuit ressemble à une forteresse qui abaisserait en permanence son pont-levis mais dans laquelle tout ennemi serait découragé de s'introduire. Une paix insondable y règne. Bientôt les rossignols... Non. Pas encore.

Nous sommes les meilleurs amis du monde, disait-il.

Dans la maison une lampe est encore allumée. Sarah veille. Elle entre dans la chambre. Ni heureuse ni malheureuse mais absente et comme légèrement somnambule. Elle va vers le lit et voit que Sarah a pleuré mais rien ne l'atteint. Elle se sent sèche, minérale. Ce chagrin cependant la déconcerte parce que même l'heure tardive, même l'étrangeté de la situation ne devraient pas troubler Sarah, pense-t-elle. On ne peut pas douter dans cette chambre, ce qui émane des murs et de la beauté de cette chambre rend tout soupçon inconcevable. Elle s'agenouille auprès du lit et la regarde. Ce qu'elle lit dans ses yeux, c'est une tristesse avide, sauvage, dont les mots ce soir ne feront jamais le tour. Elle le sait encore mieux lorsqu'elle découvre une lettre que Sarah vient de lui écrire en son absence, Sarah qui ne veut pas parler. Le sommeil vient sur la fatigue, une sorte de sommeil abstrait dont on sort au matin mal reposé.

Maintenant il va falloir vivre avec ça. Il pleut sur les collines, sur la route, sur la Sorgue. Pluie de printemps obstinée, pénétrante. Ça... c'est d'abord une marge qui la sépare de Sarah — n'a-t-elle pas dit avec violence : cela m'est complètement égal que tu ne couches pas avec lui, ce qui me fait mal, c'est de me sentir exclue de vous, tenue en dehors — et c'est l'amitié avec lui, subvertie par son amour qu'elle refuse. Seule entre leurs deux jugements et rien dans le désert des raisons qui puisse vraiment la justifier à leurs yeux. Peut-être en effet n'y a-t-il de justification nulle part.

Alors il faut aussi accepter l'idée de la non-justification.

Deux jours seulement ont passé. Une angoisse intolérable l'oppresse dont elle ne peut se démettre entre les mains de personne. La seule douceur étant son enfant qu'elle regarde vivre, encore cette douceur est-elle marquée de précarité et comme entachée d'ombre : l'absence durant l'année scolaire du frère et de la sœur de cette enfant. Ils habitent la maison de leur père, c'est ainsi. Il faut, dans ce déséquilibre, trouver un autre mode d'amour et de vigilance mais sa pauvreté à elle s'en accroît. Et une usure parfois menace si elle n'y pare pas au plus vite.

Elle marche dans les rues de L'Isle, rues rouillées, tortueuses. Elle entre, sort, achète, sourit. Elle répond à des regards, écoute une frange de vie qui la croise. Le soleil reviendra sur ces hautes façades, on rouvrira les fenêtres murées et bientôt l'ombre bougeante des platanes ocellera les trottoirs et les places. Elle se jette avec dévoration dans l'attention méticuleuse aux détails. Mais sous sa voix naturellement douce rôde le cri.

Sur la route, dans le vert affirmé des haies, elle s'arrête. Elle pleure enfin, sur eux, sur elle aussi, et dans la détente des larmes plus souveraine que la pluie sur les champs, une certitude vient qui peu à peu s'impose, investit le vide qui la détruit : cet échange mental qu'elle a fait spontanément un soir de tristesse auprès du feu déjà tombé, de sa propre souffrance contre sa guérison ou son mieux-être à lui, cet échange, il ne faut pas l'abandonner. Si gratuit et absurde qu'il soit, il a été pris en compte quelque part, dans une zone évidemment impossible à nommer et il exige d'être nourri et continué. Sarah, peut-être, ne verra jamais comme elle le voit ce triangle qu'ils font, irrégulier, douteux et dont elle se sent, elle, le sommet le plus excentré.

Devant l'aridité qui reste à parcourir, elle pleure, voilée par la pluie que ne contrarient plus les essuie-glaces.

Demain elle passera chez lui, peut-être se trompe-t-elle et les jours à venir sont-ils moins sombres qu'elle le pressent.

Elle sait cela maintenant : on n'infuse pas dans l'autre tout le contenu de ses propres désirs. Faute de le désirer assez fort, pensait-elle autrefois, mais à présent elle voit bien que désirer ne suffit pas. Ainsi le jour résiste-t-il à la nuit, à ses corridors fulgurants. L'opacité du raisonnable gêne presque toujours la manœuvre désirante.

Elles ont parlé longtemps dans un creux de rocher surchauffé par le soleil. Un peu d'apaisement est venu. À la suite de ce répit, Sarah est allée le voir. Elle l'a trouvé tendu et peu enclin à dissimuler son irascibilité, il sursautait au plus léger bruit, guettait le moindre de ses gestes. Sarah est fragile comme une terre cuite égyptienne, il est bâti comme un arbre, et pourtant elle a eu l'impression qu'il la craignait. Au cours de cette conversation étrangement perturbée, la seule chose claire qu'elle lui a dite, c'est : ma bien-aimée est triste. Il a semblé ne pas supporter cette nouvelle mais Sarah ne peut préciser en quel sens.

Elle l'écoute avec une attention extrême. Cette relation distante, plus juste et en même temps comme dénuée de corporéité donc tout à fait fausse, dresse une sorte d'écran sur lequel l'image (mentale) et le son ne seraient pas synchrones. Personne, pense-t-elle, ne peut lui rendre compte de lui et tout ce qu'elle lira ou entendra à son sujet sera toujours en dehors du courant qui les a pris et déposés.

Un autre, une autre peuvent également avoir ce sentiment, elle n'en doute pas.

Quand ils se revoient c'est presque distraitement. Une femme qu'il aime depuis de longues années sans doute occupe l'air de la maison plus encore que son espace matériel. Une sécheresse émane d'elle, une intelligence coupante et acide. Elle est venue de Paris pour peu de jours mais ils mènent ensemble là-bas une fraction de leur vie. Ce n'est pas la première fois qu'elle la rencontre et quelque chose chaque fois l'étonne dans leur attelage intermittent. Une assez cruelle absence de passion. Comme s'ils se retrouvaient autour d'un ressort cassé par leurs propres soins et comme s'ils avaient besoin de cette destruction pour durer. Quel ressort ? Elle ne le sait pas quoiqu'elle se souvienne de l'existence d'un poète entre eux. Poète dont les textes désertiques crient une douleur et un vide. Aussi ne s'attarde-t-elle pas parmi les propos vagues et les phrases de bonne compagnie.

Elle s'enferme dans toutes sortes de travaux nécessités par une maison ouverte à ce point sur le dehors. Il faut aussi veiller à l'aménagement du grand atelier blanc dont la construction est presque achevée. Lieu où elles projettent le travail futur, où tout doit être conçu en fonction de ce travail. On vitre les baies, on carrelle de terre cuite les sols. Les maçons s'activent, alignent les tuiles rondes, avec eux elles examinent les pierres, discutent d'un angle, d'une pente. Du matin très tôt au soir très tard elle est requise par toutes sortes de détails qui entraînent des déplacements, des décisions, des démarches. Elle accueille ces détournements d'elle-même comme un bienfait temporaire. Ainsi elle relègue en arrière l'inquiétude latente et retrouve Sarah au niveau ambigu des choses. Ne domestiquent-elles pas la vie ? Parfois un éclair suspend l'ordonnance et la renverse sans bruit. Dans la maison silencieuse, à l'écart des outils et du mortier de chaux, la chambre les contient en un temps où l'on ne peut clairement nommer ni jour ni nuit.

La remontée de la lumière s'accentue. Déjà les

fleurs des amandiers s'envolent sous le mistral jusqu'au second étage des maisons. Elle ne parvient pas à être tout à fait gaie quand elle est gaie.

Ils parlent. Ils font griller une truite sur la braise et la partagent. Dans la salle à manger blanche la table occupe l'encoignure dessinée par le mouvement de l'escalier. Une fenêtre plus petite que les autres l'éclaire, la seule donnant sur l'est. Il en tombe à cette heure un jour laiteux filtré par les rideaux blancs. La nappe aussi est blanche, la porcelaine et leurs pensées qui pour l'instant s'abstraient d'eux-mêmes et n'effleurent que les cimes du général. Prudemment. S'ils côtoient certains abysses ils feignent de ne pas les voir, d'ailleurs ils déjeunent ensemble paisiblement. Leur longue conversation de la matinée les a conduits au-delà de l'heure du repas, alors pourquoi ne pas demeurer là, continuer ? Ils se sourient et peu à peu la meurtrissure de leur sourire s'estompe. Ils s'interrogent réciproquement sur leur vie passée. Les femmes pour lui (et les hommes ? pense-t-elle), ses quatorze ans de mariage, le plaisir, la chasse amoureuse et à travers tout cela son culte pour la solitude, son désir effréné de liberté. Il ne se dérobe pas mais elle remarque qu'il reste vague dans l'évocation du présent. Reste de puérilité ou instinct animal de brouiller l'eau autour de soi en vidant sa poche d'encre ? Elle le regarde. Il manie avec précaution les choses, ses mains attentives ont le délié d'une certaine duplicité, mais en pays d'intelligence on acquiert peut-être le droit d'être double et celui de ne plus se soumettre aux mêmes lois. Tu es double, triple, multiple, se dit-elle, je suis bien assez libre pour l'imaginer et aller jusqu'au bout de mon imagination mais accepte qu'avec toi je sois simple et que je garde toutes mes vies pour Sarah. Elle lui parle de son mariage, du désert qu'il représenta pour elle. De Sarah. De Sarah encore qui ne fut pas celle qui arriva tout à coup un matin de ces sept ans de mariage mais qui illumina le temps d'avant d'une lumière si éblouissante et perdurante que la vie ne pouvait être désirable qu'avec elle et qu'elle l'est toujours.

Aujourd'hui, seulement ce qui fut l'amour dans leur vie les occupe. Derrière leurs paroles, ils veulent refaire le parcours qui les a menés l'autre soir à cet obstacle entre eux.

C'est maintenant qu'il mesure le champ magnétique de Sarah. Immense et les encerclant. Mais il garde pour lui sa découverte.

Ils sont revenus près du feu. Un soleil pâle effleure la pièce de travail à présent. Ce qu'il ressent, c'est un émerveillement et un accablement tout ensemble. Cet amour que tout le monde cherche, il le voit réalisé quelque part mais contre lui. Les stratégies qui viennent à bout des amours illusoires, il les connaît mais celle qui peut vaincre l'amour, il en ignore tout. Et s'il regarde ses yeux à elle, s'il les maintient presque de force dans ses filets, c'est lui qui se sent épuisable car ils se donnent librement, longuement, et disent que l'amour est fort comme la mort.

C'est pourtant au nom de l'amour et de la mort qu'il la veut. Ce qu'elle sait. Aussi pour elle n'est-il pas question de victoire, jamais, plutôt d'un désarroi sourd, corrodant. Ce qu'il sait mal.

Il espère encore. Il avoue mal connaître Sarah et sentir parfois, émanant d'elle, des ondes qui ne sont pas de bienveillance. N'a-t-il pas, une de ces dernières nuits, rêvé d'elle se dirigeant vers lui avec des tessons de bouteilles entre les mains ? Ne l'a-t-il pas soupçonnée de la pousser entre ses bras pour des raisons qui lui demeurent énigmatiques ? Et l'autre soir quand elle est venue n'était-ce pas une absurdité de déclarer : ma bien-aimée est triste ? À simplement y repenser la colère le reprend. Sa voix s'altère. « Calme-toi. Tu ne peux pas connaître Sarah. Entre elle et toi je fais écran sans le vouloir ou plutôt ton amour pour moi. Elle non plus ne parvient pas à te connaître. De là vient tout le mal. Et maintenant... — Maintenant ? — Tout est sûrement trop tard. »

Mais il espère encore et encore. C'est elle qui a soudain envie de partir et malgré son attachement viscéral à ce lieu, de rejoindre son espace à elle où s'élève une autre musique. Il la retient. Qu'elle attende un peu et il l'accompagnera sur la route.

Assis à sa table il lui montre quelques lettres récentes. L'une d'elles vient de Heidegger. La poésie et la philosophie possédant tout en elles-mêmes se rencontrent ici à égalité. Un instant ils peuvent se croire repartis à nouveau, légers, dans une de ces conversations merveilleuses où ils se sont si souvent rejoints avec une facilité déconcertante. Mais ce n'est de sa part à lui qu'un détour.

C'est brusquement qu'il abandonne le délectable pâturage pour lui demander si la présence de Sarah dans le lit qu'ils partageraient n'arrangerait pas tout. Un tel silence succède à ses paroles que tout le temps lui est donné pour les mesurer en lui, en elle. Mais il oublie de prendre cette mesure, ne voulant jauger que l'impact sur elle, c'est pourquoi il la regarde avec avidité. « Tu peux le lui proposer mais sache que si elle accepte, tu te retrouveras seul avec elle. Je n'y serai plus. »

Ils n'ont plus grand-chose à se dire aujourd'hui. Mieux vaut cheminer à deux sur la route jusqu'à ce qu'elle continue seule vers le village à travers la garrigue. Ils partent, c'est encore le début de l'après-midi. Il ressent une espèce de honte qu'il dissimule en parlant des arbres mais elle l'écoute distraitement, isolée par un mur de déception. D'ailleurs, il vient de se tromper : l'arbre dont ils s'approchent n'est pas du tout le noyer qu'il annonçait à cent mètres. Après le tournant qui succède au grand pré de la Jonquière ils aperçoivent quelqu'un sur la route. C'est Sarah qui marche, venant à sa rencontre, étonnée de les trouver deux.

Elle s'avance droite et tenant ses bras de façon étrange. On ne voit pas encore ce qu'elle porte entre ses mains car elle porte quelque chose sinon ses bras tomberaient le long de son corps. Sarah pourtant n'aime marcher que les mains vides. Maintenant qu'ils s'approchent d'elle ils se taisent, intrigués. Ce qu'il a suggéré au sujet de Sarah, de sa présence pendant qu'ils feraient l'amour ou de sa présence à lui pendant qu'elles feraient l'amour, répand entre eux le trouble qu'il escomptait mais avec un considérable retard comme s'ils étaient tous les trois brusquement confrontés dans une chambre où quelqu'un, malignement, les aurait enfermés. Au pied du mur en quelque sorte.

Lorsque Sarah n'est plus qu'à une vingtaine de mètres puis à une dizaine, ils n'osent pas croire ce que voient leurs yeux. Ils se regardent et elle se sent pâlir : ce que porte Sarah avec tant de précaution, ce sont des culs de bouteilles cassées, des tessons. Ils en oublient de lui parler lorsqu'ils la rejoignent car ils contemplent ses mains, fascinés. Sarah explique tranquillement que ces culs de bouteilles d'un vert sombre conviendront exactement pour compléter cette espèce de vitrail qu'est devenue l'une des ouvertures rondes de l'atelier. Elle les a trouvés au passage sur un tas de gravats au revers d'un fossé. Eux ne parviennent pas à oublier le rêve... Ils devraient rire mais ils ne rient pas. Trop vulnérables aux signes.

Il décide qu'ils doivent boire ensemble tous les trois, aussi repartent-ils dans l'autre sens vers sa maison. Il marche entre elles deux, il a glissé chacun de ses bras sous leur bras. Elle est habitée par de hautes falaises où gîtent de rares aigles qui parfois battent des ailes afin de se tenir juste à la hauteur de leur trou. On ne sait pas ce qu'ils surveillent si attentivement.

Dans sa maison ils boivent de la liqueur d'Arquebuse. Il est très gai. Il cherche pour Sarah, longuement, une adresse dont elle a besoin. Il leur fait toutes sortes de petits cadeaux étonnants comme une boîte de pâté de grives et une carte du Vaucluse. Il évite de la regarder. Elles le quittent pour repartir à pied vers les collines, emportant les tessons de verre.

Le soir, dans la chambre calme, tous volets fermés, elle prend Sarah entre ses bras et lui parle. Voilà ce qu'aujourd'hui il lui a dit, voilà le détour et le piège. Mais Sarah la regarde et s'étonne : « Pourquoi n'as-tu pas accepté ? » Elle tombe dans un espace blanc et si des parois limitent cet espace elles sont si lisses et si vertigineuses que rien ne peut entraver sa chute. Il ne s'agit pas encore de la douleur. Quel soulagement serait la douleur.

Elle va, elle vient. Ses journées sont chargées d'actions, de gestes, de paroles efficaces et utiles. Elle coiffe les cheveux blonds de sa petite fille, frisure toute serrée et qui brille au soleil. Elle pose devant elle, avant la classe, le bol de lait chaud ocré d'un peu de thé, les tartines de miel. Elle ouvre ses cahiers, parle avec son institutrice, se promène avec elle en lui racontant des histoires. L'enfant est gaie, bavarde, elle a sept ans. Il arrive que Sarah s'absente pour répondre encore à certains engagements de son métier de chanteuse qu'elle est en train d'abandonner ou pour enregistrer un disque. Alors elle passe davantage de temps dans l'atelier où elle nettoie des sols, enduit les huisseries d'huile de lin, trie des livres, range des papiers. Les voisins frappent à la porte, ils téléphonent. Parfois ils ont besoin qu'on les transporte, qu'on les soigne ou les aide. Elle écrit des lettres, prépare des repas, va chercher ses deux autres enfants ou les reconduit dans des gares. Chaque fois un changement profond, immédiatement perçu, l'alerte et les jours passés avec eux serviront à faire le tour de ce changement, à l'intégrer dans une continuité dont elle est provisoirement gardienne. Elle attend Sarah. Trains de nuit, quais sur lesquels elle marche et Sarah soudain contre elle, chaude, les cheveux pleins de fumée. Leurs baisers fous dans la voiture, la route. La maison où couve un feu vite ranimé. Mais une fêlure court sous les jours, semblable à celle que dissimule longtemps l'émail, elle s'absente d'elle-même et se fuit sans le désir de se rejoindre.

Comment pourrait-elle se rejoindre puisqu'elle échoue à trouver les paroles qui les traverseraient l'un et l'autre ? Les murs qu'elle voit se construire sous ses yeux — obéissance du minéral — sont moins étrangers à ses pensées que ces deux êtres somptueux dont aucune volonté, elle le sait maintenant, ne la déliera jamais.

Des semaines et des semaines passent. Elle ne s'arrête plus au Viala en passant. Elle laisse le silence s'épaissir. Une grande fatigue s'empare d'elle, on appelle cela tomber malade. Elle se repose sur une chaise longue au jardin que les fleurs commencent à envahir. Un air léger baigne les feuilles naissantes du tilleul. Prévenu, il envoie une lettre de sympathie : « Guérissez-vous vite et que Nessuma soit le balsamique ! » Il promet de se faire conduire bientôt au village, ce qui est une façon de ne pas venir. Elle s'étonne qu'il ne la tutoie pas dans cette lettre, cette afféterie ne lui ressemble pas.

Dans le jardin très vieux — terrasse surplombant la vallée étroite où remuent les bambous — elles retrouvent une paix animale qui ajuste les regards et redonne aux gestes une souplesse lubrifiée, ample et douce. Sarah marche sur les graviers, superbe dans sa robe sable. Leurs mains se serrent. Leurs mains pareilles avec le réseau presque invisible des petites rides que révèle le soleil. Quelque chose — des signes qu'elles perçoivent ensemble — les avertit que le moment le plus difficile est passé. Elles osent le croire.

Un après-midi de chaleur déjà dure, elles s'arrêtent chez lui. Il ne les attend pas. Mais ce qui était habituel est ressenti d'un coup par eux trois comme perturbant, grossier. Sarah propose de s'en aller et de la reprendre là, au retour, plus tard, lorsqu'elle aura accompli ailleurs une démarche obligatoire. Mais il crie : Emmenez-la ! Son visage est congestionné, il dit qu'il ne peut s'interrompre, qu'il doit, en haut, découper des papiers. Il ne précise pas lesquels. On dirait un cauchemar. Personne n'est tout à fait sûr de se trouver en état de veille. Elles se regardent, se lèvent. Il les voit partir, la bouche pleine de cris.

Du temps encore, de la chaleur. Une sécheresse assez intense pour que naisse le chant des cigales, cette musique frottée.

Et puis un matin vers onze heures c'est elle qui marche dans l'allée de graviers, accompagnée de son fils. Il est assis sur le banc à l'ombre du platane. À son arrivée il se lève et ils entrent dans la maison. L'enfant reste dehors à regarder les lavandes, la gigantesque ammonite que lui a offerte un poète, les fleurs.

D'abord il ne dit rien mais elle sent que quelque chose a changé, que la distance a dissous un noyau dur ou que le temps, pour une fois, a rempli son office apaisant. Mais non, ce n'est ni la distance ni le temps, c'est le feu de leur rencontre qui se réveille et tout à coup entre leur regard il n'y a plus aucun écran mais seulement la mémoire hâtive et tendre. On ne sait pas pourquoi. Tout a soudain la fraîcheur et aussi la brûlure un peu tremblée d'avant et s'il lui demande pardon c'est pour lancer dans l'espace ouvert devant eux des mots que le hasard autant que lui gouverne. Pourtant il répète ce mot qu'elle entend mais il glisse sur eux, il est sans importance. Il appartient au dehors et ils sont à nouveau dedans.

Sur sa table bien à plat au milieu des papiers repose un rameau de laurier dessiné par Szenes. C'est un cadeau pour aujourd'hui. Les gémeaux sont visités par le soleil. Il traverse pour la première fois devant elle un de ses anniversaires. Il la tient serrée contre lui. Le temps n'est que cette matière miraculeuse plus mercurielle encore que le mercure tombé à terre, plus migrante en nous que l'eau. La parole leur revient doucement par méandres qui les contournent.

Il lui dit aussi que toutes les œuvres qu'il possède grâce à la collaboration et à l'amitié des peintres, et ses propres livres illustrés vont être montrés cet été. La poésie et la peinture ensemble ainsi qu'il les a toujours vues. Il aimerait qu'elle soit présente avec Sarah le jour de l'inauguration. Tout est facile, tout est lisse. Ils regardent le dessin du laurier, retournent à leur enthousiasme. Devant la fenêtre, l'enfant passe, occupé. Ils sortent et l'accompagnent dans le tour du jardin.

Au retour, dans la grande maison de pierre, aucune ombre ne se lève dans les yeux de Sarah. La lumière y demeure, intacte, comme si personne jamais ne l'y avait fait décroître et par un chemin de l'intérieur du corps elle déborde ses gestes. Ainsi la nuit quand elle fait l'amour.

Répit, air plus léger, temps qu'elle peut croire durable malgré un questionnement qui se précise et qu'il faudra bien amener au jour.

À présent c'est l'été. Il mûrit, il glorifie les

cerises. Au Viala dans le jardin ils en cueillent tous les trois un plein panier. À différents niveaux dans le feuillage, ils parlent. Puis la petite fille aux sept ans juste remporte l'échelle avec lui. Il dit que l'on se croirait dans un tableau de Balthus. Par terre le soleil trace de grandes formes bougeantes, des abeilles s'activent sur les romarins. Elle se tait, regarde le bonheur poignant.

C'est l'innocence qui est perdue, ce sentiment où n'accède pas l'insécurité. Elle allait vers lui avec une adéquation parfaite entre ses gestes, ses paroles et ce qu'elle vivait au-dedans. Pas de marge, pas la moindre place pour un vide. Si vous ouvrez les yeux, vous voyez. C'était ainsi. Maintenant la fêlure est devenue couloir d'air, espace aux limites si imprécises qu'il touche à la béance. Elle s'y meut avec difficulté, inconfort, mais il lui faut s'accommoder de cette lumière dure. Et d'abord admettre que maintenant, après la paix retrouvée, ils sont entrés dans une autre demeure dont apparemment les murs sont semblables mais dont les proportions, les relations internes ont imperceptiblement bougé. Elle ne saurait dire quand le phénomène de déplacement a commencé. Peut-être dans le grand salon de l'Hôtel de Ville, le soir de l'inauguration. Oui, peut-être ce jour-là. Car enfin, ce qui était montré aux invités, c'était le contenu des cartons qu'ils avaient si souvent regardés ensemble. Cette fête appartenait à tous. Cette peinture distante, retirée en elle-même, enjambait de très haut les préoccupations intimes de chacun, on ne parlait pas à voix mondaine autour des tables vitrées, le long des murs où aucune prise n'était offerte à la facilité. On pouvait lire des poèmes intenses qui brûlaient les yeux. C., à l'autre bout de la salle, se préparait déjà à partir et il était manifeste qu'il supportait mal d'être présent dans un rassemblement, fût-ce au nom de la peinture qu'il aimait, fût-ce au nom de ses propres poèmes qu'il accompagnait. Il n'avait qu'un désir : entrer par effraction dans les intelligences sans se montrer lui-même, vivre retiré derrière la flambée de l'écriture et, de son repaire, disjoindre, déranger, soulever. La poésie ne pouvait être qu'un levier ou un ferment.

Mais puisqu'il était venu et qu'il se trouvait mêlé pour un temps très bref à ceux qui le lisaient et ne s'étaient rassemblés là qu'à sa presque seule initiative, elle pensait, le voyant ainsi afficher son mal-être, que le véritable effacement derrière l'œuvre exigeait plus de sérénité. L'avait-il senti ? Était-ce pour esquiver son sourire un peu triste qu'il avait semblé la fuir avec de vagues gestes d'impuissance ? Bien plus absent malgré sa présence sensible comme si un double de lui-même s'était habillé autrement pour descendre parmi les mortels afin d'y remplir gauchement une mission inévitable. C'était la première fois qu'elle le voyait en public et elle en éprouvait une grande perplexité. Elle le lui avait dit quelques jours plus tard mais à mesure qu'elle parlait elle abandonnait parce que ses yeux étaient redevenus pareils, doux et intenses, enjoués et graves, et le double s'étant évanoui en défroques, il restait lui, ce qu'il est, chaque fois qu'ils se rencontrent. « J'étais mortellement fatigué ce jour-là. Imagine-toi qu'une demi-heure avant l'ouverture des portes, j'ai dû me coucher sur le tapis tellement mon dos me faisait mal. » Il la rassurait sur son attitude qui devait plutôt, selon lui, être mise au compte du courage, tout en l'inquiétant à nouveau sur sa santé. Cette inquiétude en elle avait-elle vraiment cessé ? Non, mais femme, elle savait que l'on peut vivre avec l'inquiétude, ruser, trouver des détours, bâtir autour d'elle une espèce de cocon qui la neutralisera en l'étouffant. Le courant de vie veut nous prendre en lui, seule l'angoisse résiste et nous retient crispés sur la rive. Elle avait appris peu à peu à ne pas se laisser envahir par elle pour ne pas disperser sa force. D'ailleurs elle le regardait bien plus qu'il ne s'en doutait et malgré une lassitude qui le prenait anormalement tôt le soir, elle le trouvait infiniment plus droit maintenant. Ces sombres états qui l'effritaient ne l'envahissaient plus que rarement. Parfois elle pensait à ce vœu étrange qu'elle n'avait pu s'empêcher de faire mais la plupart du temps elle l'oubliait. Le mal semblait s'éloigner, il fallait donc vivre sans bruit, sans éclat, comme suspendu à un souffle car la mort oublie quelquefois.

Mais il n'en demeure pas moins vrai qu'un changement insidieux s'est produit entre eux. On peut feindre de l'ignorer, on peut se dire qu'il correspond à un état somatique différent et que l'esprit n'en est pas affecté, mais il est impossible de ne pas poser la seule question importante : celle de savoir si l'autre ressent lui aussi ce glissement.

Cette année-là, au plus chaud de l'été, elles se rendent souvent à Glanum, seules ou avec les enfants. Elles marchent sur les dalles de la grand-rue, pénètrent dans des maisons ouvertes au ciel, se penchent sur les margelles des puits. Les fouilles avancent lentement. Abandonnées à intervalles fort longs quelquefois, on les oublie et aucune agitation ne vient troubler leur ambulante méditation sur les traces, les signes, la gratuité solaire des sculptures. Dans la ville morte l'eau, encore aujourd'hui piégée, c'est le miroir des Alpilles dont les éboulis crayeux la cernent de si près que les habitants de Glanum autrefois devaient pouvoir, tout en parlant entre eux, distinguer et nommer la végétation qui s'accroche à la terre accumulée par les pluies dans les anfractuosités. Quelque chose les retient en ce lieu, les y attire. C'est un creux de pierres et d'eaux, un lieu femelle et sauvage et toute la *pax romana* n'a pu entièrement le soumettre à cause de la montagne proche et d'une certaine dureté de la lumière.

Aujourd'hui elles y sont restées plus de six heures. Elles étaient accompagnées des enfants, ils ont couru en se baissant dans le collecteur des eaux usées qui passe sous la rue centrale et qui maintenant est sec. Dalles, mosaïques, piscines, bassins, petits autels votifs, corniche disjointe du fronton effondré sur l'aire du temple, fleurs de pierre des chapiteaux ébréchés. La couleur de la ville est l'ocre claire et les mosaïques abritées d'un auvent translucide allient un gris très doux à un noir exténué.

Ce soir, rentrée au village, elle se dirige vers la rue qui descend, elle porte une assiette emplie de figues. Toute la violence du ciel est éteinte. Elle sort de la maison d'une vieille femme qu'elle soigne chaque jour en ce moment, c'est elle qui vient de lui offrir ces figues grises, mûres précocement. Ramenée aux mesures modestes du village, à son aspect clos — cependant il est infiniment ouvert sur les lignes successives des collines —, elle peut comparer son silence à celui de Glanum et revenir en pensée à la grande ville dans laquelle autrefois elle vivait. Ce soir, passant entre les maisons silencieuses, nul ne la voit. Une soudaine délectation l'envahit à sentir sa vie comme en retrait d'une autre vie réputée plus brillante et à cause de cela même, de ce retrait qui n'est qu'apparent, immensément plus adaptée à une exigence qu'elle a décidé de tenir pour plus vraie. C'est un pari, un peu moins fou que d'autres, elle le sait.

Elle marche dans la rue vide, tenant l'assiette de figues. La pensée de l'ami devient tout à coup si intense qu'elle a brusquement le sentiment qu'il a surgi là, à ses côtés, avançant dans la même direction. Jamais elle n'a ressenti sa présence à ce point. Il ne s'étonne pas de la trouver dans cette rue, elle le regarde et il comprend ses pensées. Elle vient d'écouter la vieille femme, elle a revu longtemps Glanum. L'indicible, ce qui naît de la différence, ils y accèdent au même instant, sans paroles.

C'est pourquoi, sans l'avoir prémédité, elle s'en va dans le crépuscule voir celui qui à son propre insu vient de se rendre si proche. Il est là tout au fond du jardin à faire brûler un feu d'ordures et de feuilles. Dans l'interruption de la haie de thuyas, elle peut l'apercevoir s'activant autour des flammes qui décroissent tandis que s'épaissit la fumée. Il est tourné vers elle mais il ne la voit pas encore et ne l'entend pas. Ce coin reculé du jardin est éloigné de l'allée de graviers. Maintenant il se redresse et s'immobilise pour regarder mourir le feu qui l'éclaire faiblement. C'est à ce moment-là que le bruit du gravier remué l'alerte et qu'il lève les yeux vers l'ombre. Elle ne vient jamais aussi tard. Puis il la reconnaît vraiment. Alors il ouvre grands ses bras et elle le rejoint, courant vers lui. « Je pensais fortement à toi tout à l'heure. — Je sais », dit-elle, et tandis qu'il écarte les braises, les encercle d'un anneau de cendres et les arrose, elle lui parle du sentiment qu'elle a eu de sa présence et de l'espèce de nécessité dans laquelle elle s'est trouvée de venir le voir. Lui qui ne croit guère qu'aux signes et aux correspondances, il l'écoute bien, remontant à travers la méticulosité de ses propres gestes, à une mémoire en lui où s'alimentent ses poèmes, mémoire que frôle un pas léger, troublant, celui de Lola Abba.

Et là, avec autour d'eux la prairie aux cerisiers, pleine d'ombre, et des haies, d'autres champs, d'autres haies puis l'épaisseur de la garrigue et au-dessus d'eux la nuit, il repart dans le temps d'avant dont il ne s'est jamais séparé. « Je ne la connaissais pas et quand je l'ai vue sans savoir que c'était elle, elle était noyée depuis déjà deux semaines. Seulement en moi elle était vivante, je refusais la mort d'une fille de dix-sept ans dans la Sorgue. Après son bref passage et après que j'ai lu son nom qu'elle avait inscrit à ma demande, tandis que je courais derrière elle l'appelant en vain car elle avait disparu, j'ai compris que dans la zone intermédiaire où elle errait (on dit cela n'est-ce pas du temps qui suit la mort, surtout la mort violente ?) j'étais inclus parce que je ne l'avais pas encore rejetée. L'oubli, c'est le rejet. Je ne l'avais pas oubliée, alors elle m'a fait signe. Cela t'étonne, toi ? — Non. — Tu dis vrai ? — Cela ne peut pas m'étonner. »

Le feu meurt. Il repousse les cendres à travers la grille qui recouvre un creux cimenté. Ensuite ils marchent vers la maison et il passe son bras autour de ses épaules. Elle est bien avec lui et en même temps, pour la première fois depuis leur rencontre, elle réalise la durée de ces années qui les séparent, tous les poèmes écrits alors qu'elle n'était qu'une petite fille si loin des monts de Vaucluse, de cet univers qui maintenant la prend et la comble. Lui, il y est né et tandis qu'elle vivait la guerre dans une ville de Lorraine avec la vision étroite et aiguë tout ensemble que l'on a entre sept et douze ans, il parcourait le maquis du Luberon de tanière en tanière, embusqué à l'affût, appelant la liberté avec ses compagnons. Sauvant des lambeaux de temps, il écrivait des vérités déchirantes. Aucun philtre, aucune magie ne peut abolir cette différence irréversible. Lésion ou cicatrice elle le marque mais surtout, surtout les poèmes écrits le traversent, émanent de lui. Leur migration dans des livres n'est qu'apparente. En fait les poèmes ne le quittent pas. Sans qu'il fasse rien pour les retenir, sans qu'il change le moindre détail à sa vie, ils restent avec lui, débordant sa simplicité. Entre elle et lui, ils témoignent du temps.

Ainsi durant ces quelques pas sur l'herbe humide et se superposant à cet aller paisible vers la maison, éclate en elle la conscience de ce « vécu avant elle » avec l'intensité, la concentration d'une révélation. Aucune force ne pourra comprimer ce temps, le réduire à un instant négligeable. La seule équivalence existera au terme de sa propre vie quand elle aura traversé à son tour et couvert de poèmes la même épaisseur de vécu. La rencontre juste n'aura donc jamais lieu.

Lui, il marche dans le soir et pense qu'il va enfin faire l'amour avec elle. Quelle serait, sinon, la signification de sa venue ? Qu'il ait été trouvé debout auprès d'un feu l'enchante. Quelle meilleure image de lui pourrait-elle avoir ? C'est pourquoi une extraordinaire légèreté l'envahit, dissipant la fatigue ordinaire de la fin du jour. Il savait qu'elle viendrait ainsi. Il lui dira tout à l'heure qu'il l'attendait.

Cent mètres, peut-être un peu plus, séparent le fond de la prairie, l'endroit du feu, de la maison. Un homme, une femme marchent lentement vers cette maison dont la façade retient encore un peu de jour. C'est l'heure des grillons.

La porte s'est refermée sur eux. Il l'accompagne jusqu'au canapé de velours. Elle s'assied, il reste debout devant elle. Un geste et son sexe est dans l'air, érigé à quelques centimètres de son visage. Elle regarde son sexe, le regarde lui, ne bouge pas. Puis elle s'entend dire : va-t'en dehors ! d'une voix totalement douce et définitive. Si douce et définitive qu'il obéit aussitôt, quitte la pièce et que son ombre passe devant la fenêtre. Elle n'a pas bougé, maintenant elle ferme les yeux et laisse aller sa tête en arrière contre les coussins. Elle ne pense à rien ni à personne et son corps est plus immobile au-dedans et au-dehors que la grande ammonite posée sur la margelle.

Lorsqu'il rentre, elle garde les yeux fermés, sachant qu'il contourne la table, deux fauteuils (et une immensité sans nom) pour venir à elle, et quand elle sent qu'il s'agenouille pour poser sa tête sur ses cuisses, contre son ventre, alors elle sait qu'une voix l'a traversée sans qu'elle puisse lui opposer la moindre résistance et que cette voix est celle de la Mère si intemporelle qu'il n'a pu, lui aussi, que se soumettre.

Une grande fatigue les recouvre. Une espèce de châtiment dans lequel ils sont jumeaux. Peu importe leurs paroles rares maintenant, et même ils peuvent se regarder jusqu'au vertige.

Sarah attend son retour, étendue sur une chaise longue au jardin. Elle est plus calme encore que la nuit jusqu'à ce que leurs mains se touchent et se serrent.

Le lendemain, quand elle se lève, une nausée impitoyable la recouche. Puis le malaise la poursuit dans le lit. Chaque fois qu'elle tourne la tête, la chambre entière vacille et elle se met à vomir. Cela dure tout le jour. Dehors, le temps est immobile, bleu. Elle ne parle pas de lui à Sarah.

Quelques semaines plus tard, une étudiante venue d'un pays fort triste lorsqu'on ne le voit que d'un train qui plus d'une fois sur deux ne s'y arrête pas, arrive dans la petite ville pour le rencontrer. Elle prépare sur une partie de son œuvre un diplôme d'université. D'abord installée par ses soins dans le meilleur hôtel, elle transporte bientôt ses affaires au Viala.

Lui-même le lui apprend comme s'il s'agissait d'une simple disposition pratique. Mais elle lui sourit. « C'est Georges de La Tour qui te l'envoie ! Sois heureux, sois bien ! Ainsi je pourrai moi-même être heureuse sans tristesse. »

Ils parlent dans le jardin, côte à côte sur le banc fraîchement repeint. Le jardinier tantôt près d'eux, tantôt loin d'eux s'active. L'autre soir est comme effacé mais la mémoire ne leur fera pas la grâce de l'oubli. Ce qui dure au-dessus d'eux les tient et chaque fois qu'ils se revoient débusque, on ne sait pas d'où, une joie incompréhensible. Une amertume le corrode, qu'elle dissout. Une appréhension l'étreint, qu'il éloigne, et toujours autour d'eux le pays qu'ils aiment avec passion. Et toujours mêlés à leur vie les poèmes qu'ils écrivent et parfois se montrent mais avec plus de prudence qu'avant car les poèmes sont aussi des braises. Dans le blanc innocent, neutre des pages, ils agissent de leur seule immobilité péremptoire où s'est gravée la vie en son passage. La gravure témoigne ou d'une lenteur douloureuse ou d'une énigmatique furtivité mais on ne peut pas, relevant les yeux sur l'autre qui s'est ainsi et volontairement trahi, poser sur lui un regard inchangé. Aussi convient-il d'être mesuré, distant, de ne communiquer qu'un peu de cette vie qui sourd dans l'écriture, de se retrouver en marge d'elle.

C'est un état qui pourrait durer. Qui ne durera pas, se dit-elle parfois. Il est trop précaire, il est plus cassant que la tige des iris d'hiver. Mais que faire sinon le traverser en le *voyant*? même s'il n'est pas d'exercice plus périlleux qu'avancer en se retournant et s'il n'est rien non plus qui lui ressemble moins, à elle.

C'est un état qui pourrait durer dans un autre monde peut-être. Mais nous n'en avons qu'un, celui-là justement où, aux yeux d'un homme, une femme n'existe que pour faire l'amour. La merveille initiale est devenue pourriture. Cette évidence, elle la pose sur la souveraine beauté qui l'entoure et la sensation pleine qu'elle a de l'espace, du vent, mène un combat inégal contre le sentiment d'un emprisonnement sans recours. Et que cet emprisonnement vienne de lui alors qu'ils se sont si librement rencontrés, c'est là le scandale qu'elle ne peut admettre. Ils se ressemblent. Tout comme lui elle est prompte à de rageuses colères qu'elle ne maîtrise que difficilement et ces colères sont toujours liées à un rêve qui s'effondre. Le même rêve mais vu par lui et vu par elle, ce qui fait toute la différence, va donc les séparer. À moins qu'un miracle survienne, ce qui serait dans la logique de ce pays si surprenant, mais elle ne peut raisonnablement l'espérer. Au demeurant, elle se connaît assez pour savoir qu'elle attendra ce miracle improbable avec une obstination oublieuse du temps. Un hiver ne ressemble-t-il pas à un autre hiver ? et un été à un autre été ? C'est ici le pays dans lequel on s'enfonce, où il ne sert à rien de conserver en soi les vieux critères, la lumière les pulvérise. Peut-être dans beaucoup d'années cette souffrance prévisible sera-t-elle tout à fait intégrée dans l'intensité du dehors. Aussi faudrait-il sans doute expérimenter le présent et le proche avenir comme on revit le passé ici, dans ce pays où le soleil cautérise les plaies, où la végétation ardente les désinfecte et les embaume. Hélas, elle non plus ne peut vivre plus vite. La bobine (dérobée) du fil de la vie n'est raccourcie à volonté que dans les contes. Cette épaisseur, cette opacité nécessaire, depuis longtemps déjà elle leur a dit oui. Le courant qui va d'elle à lui garde sa force intacte. S'il s'interrompt dans l'autre sens... S'il s'interrompt...

La douleur veille, jamais elle ne dort.

L'été décroît. Parfois, au milieu des activités qui absorbent les journées, elle revoit les églises romanes peintes de rouge, d'ocre et de noir qu'elles ont longuement regardées en juin, lors d'un séjour de quelques semaines au Poitou. Elle se souvient de la crainte qu'elle traînait avec elle, partout, de perdre l'amitié de son ami. Crainte dissipée souvent par la beauté sage des pierres, leur sérénité sans limites et aussi par une certaine forêt qu'elles traversaient, immobile sous les chants transparents, immense. Aujourd'hui l'ami retrouvé lui est d'autant plus proche que le fil tendu entre elle et lui s'est fait fragile.

Mais dans le grand atelier blanc où elle travaille avec Sarah, une nouvelle vie s'amorce, laborieuse et retirée. Elle écrit maintenant entre d'autres murs, devant la même colline mais saisie autrement par les fenêtres tandis que dans l'ombre sèchent des bols, des pots, des vases. Sarah tourne une grande partie du jour et l'argile se défend encore entre ses mains. Bruit monotone et régulier du tour, coups répétés sur la terre qu'il faut assouplir, recherche patiente et silencieuse. Avec les enfants on dîne le soir, de pain, de fromage et de fruits, sur la vaste terrasse en regardant les martinets. La rentrée des classes approche mais une telle douceur dans l'air empêche d'y croire. On trouve des jujubes que l'on partage, on cueille des figues et on les enfile sur du raphia pour les sécher. On commence aussi à récolter des amandes.

Au temps des amandes mûres, il y aura bientôt un an, il devenait en quelques heures son ami. La non-connaissance qu'elle avait de lui, la non-connaissance qu'il avait d'elle, avait été comblée, effacée exactement comme on nivelle un creux dans la terre pour en faire un espace utile. L'espace entre eux était utile. Ils y marchaient de leur pas qui n'était pas égal mais sûr.

Sur sa table elle laisse les pages noircies du poème qu'elle vient d'achever. L'ordre revient dans la nuit qui tombe autour d'elle. Chaque fois que s'achève un poème, un fragment de quelque chose est sauvé. Sans que personne encore n'ait lu, ce qui attendait d'être dit est sauvé. Ce dire aujourd'hui le concerne. Il peut bien ne jamais l'atteindre à cause des hasards du cheminement de la parole, de ses méandres, de ses retards.

Parfois elle revit en pensée sa vie ancienne où tout l'écrasait sauf l'attente et l'espérance de Sarah, sauf la présence veloutée des enfants. Leur sourire, leurs bras enserrant son cou, le regard droit qu'ils ont. Alors la ville s'emplissait d'air mais c'était un sommeil, une sorte de rêve dans une nuit qui dura sept ans, elle le sait maintenant.

Un oubli continuel doublé d'une mémoire perpétuelle. Lorsqu'elle voit des carrières ouvertes où la sédimentation apparaît elle ne peut s'empêcher de penser chaque fois que rien ne ressemble plus à la vie. Les coups de sonde, c'est la mémoire qui les donne, les effondrements qui mettent à nu, c'est la gravité des imprévus.

Elle parle longuement avec Sarah. Une journée presque entière s'y engloutit. La nuit arrive sans qu'elles y prennent garde. Elles ont soif, elles boivent. C'est là le seul sens de cet arrêt au milieu des tâches commencées. Elles se regardent. « La plupart des gens qui vivent ensemble ne se regardent plus. — Non, plus de désir. — Le temps, l'habitude. Ils s'estiment rodés, “revenus”. » L'enfant demeurée seule après le départ des aînés dîne devant le feu, celui d'automne qu'on allume tard et pour le plaisir. Elle peut entendre leurs voix qui viennent de la chambre où aucune lampe n'est allumée.

« Peut-être ai-je fait une expérience capitale. Je ne peux "revenir" de rien parce que tu es mon amour. — Tu le sais mieux à cause de lui ? — Oui en un sens, à cause de sa singularité qui m'est parfaitement proche. C'est un lien complet, rien ne manque. — Ce n'est pas son sentiment ! — Ce sera le sien, un jour, même durant quelques secondes, même à l'état de lueur fugitive ou de pressentiment. — Tu accepterais que ce ne soit suivi d'aucune conséquence ? d'aucun changement d'attitude de sa part ? — Oui. Les traces suffisent. La seule intuition d'une réalité parallèle à la sienne, moi, ce serait le début d'un très lent retournement. Ce serait le début imperceptible du seul signe que j'attende de lui. En me rencontrant, il a rencontré une femme qui aime une femme. Il faut qu'il me reconnaisse comme vivant cet amour-là et cependant que nous puissions continuer à nous voir et à nous comprendre. Si je vivais avec un homme la situation serait exactement la même mais elle apparaîtrait comme claire, définie. À travers moi il est confronté à une réalité troublante : pour lui je suis incompréhensiblement amante d'une femme et mère, d'un mouvement égal et sans une ombre de misandrie. Seulement je ne dis pas : j'aime les hommes, et pas plus : j'aime les femmes. Cela n'a aucun sens pour moi. Je dis : j'aime Sarah. À toi seule tu abolis toutes les autres présences, tu les contiens toutes mais tu ne me sépares de personne. La liberté avec laquelle je vais et je viens vers lui, il ne la comprend pas. Elle est trop rare, ce n'est pas une habitude du passé. La poésie devrait ouvrir ses yeux sur cette liberté puisqu'elle est l'état qui fait reculer les limites, qui conduit à s'enfoncer dans l'épaisseur des possibles. Ses poèmes pourtant sont de ceux qui changent la vie. — Peut-être étais-tu naïve, peut-être ne les lisais-tu pas exactement ? — On ne lit jamais exactement. Ce qui compte, c'est que les approximations coïncident, c'est qu'elles puissent créer entre elles un réseau à l'intérieur duquel la chose dite est parfaitement entendue. J'entends parfaitement ses poèmes. Il n'est pas simple, je ne m'attends pas à ce qu'il le devienne, je ne le désire pas non plus mais je n'accepte pas qu'entre son regard et le mien surgisse une rupture puisque nous nous sommes regardés d'un regard suffisant. Cet homme, sous prétexte que le lien d'amitié ne lui suffit plus, va-t-il le renier alors que dans le même temps il peut faire l'amour autant qu'il le désire avec une ou plusieurs femmes ? Faut-il tout à coup qu'il soit pris d'une telle rage de possession que ce corps-là, précisément, lui échappant, le laisse frustré au point que la violence l'envahisse ? C'est absurde, c'est tout à fait fou ! — Moi-même, dans le même temps, n'ai-je pas été jalouse de toi ou plutôt de ce que vous représentiez ensemble en marge de moi alors que je savais ta fidélité ? Cela aussi, c'était absurde mais peu à peu tu l'as compris. Alors ce dérèglement, cette chose folle qui s'est emballée en lui, ne peux-tu la dissoudre ? — C'est une question de pouvoir et je n'aime pas le pouvoir. — Si je t'ai dit : dissoudre, c'est parce que ce n'est pas à un rapport de forces que je pensais justement. — Oui... mais il ne te ressemble pas, mon amour... »

Elle retourne vers l'enfant qui joue avec le chat. La pièce est faiblement éclairée. Par terre, sur les carreaux, les lueurs du feu. La petite fille écoute les bruits de la grande nuit autour d'elle puis le conte du soir, celui qui vient de Chine ou de plus loin encore, celui qui porte le vent de terres glacées où s'affrontent des dieux. Ses yeux brillent, on devine sa concentration à un léger, régulier raclement de gorge. C'est sa façon à elle d'avaler sa salive ou plutôt de la retenir en suspens parce qu'elle se sent trop concernée et qu'il faut écarter le corps jusqu'à la fin. Ensuite elle la conduit jusqu'à sa petite chambre aux murs blancs où sont agrafés des dessins gais comme une chevelure que l'on secoue. Le fenestron ouvre à côté d'un toit de tuiles rondes. Bientôt, avec l'automne, les rats des champs, les oiseaux viendront manger les raisins mûrs de la vigne vierge. La petite fille les a goûtés un jour. Ils sont amers. Les feuilles rougissent et tombent avant que les grains soient complètement mûrs et mangés. Si des draps sèchent au jardin, les oiseaux parfois en volant laissent tomber sur eux un peu de fiente bleue. Ainsi les oiseaux peuvent avoir des coliques ? C'est un grand sujet d'étonnement !

On tire le volet de bois. En faisant très attention on peut entendre couler l'eau de la fontaine car le fenestron ouvre sur l'autre côté, celui du jardin, et la fontaine est dans la rue. Deux petits bras entourent son cou, la serrent tendrement. Elle l'embrasse et, à travers l'enfant, les deux autres qu'elle nomme silencieusement. Un poids l'oppresse, il est fait de causses, de rochers, de forêts, il s'alourdit de neige et de cols impossibles à passer en hiver. Il y a peu de jours, leurs voix vivaient ici entre les murs de cette maison. Déjà elle les attend. Elle regarde son enfant. Elles se sourient, elles parlent encore. L'autre jour la petite fille n'a-t-elle pas dit : quand on est mort on ne peut plus parler. L'importance pour elle de la parole. Qu'en sera-t-il plus tard ?

Elle resterait bien là plus longtemps dans la chambre fraîche, agenouillée sur les carreaux de terre cuite, à regarder la petite fille que le sommeil apparemment n'approche pas encore. Mais mieux vaut la laisser s'ébattre un peu dans ce pâturage entre le moment où l'on éteint la lampe et l'endormissement progressif. L'enfant ne connaît pas la peur du noir, elle chante, parle à son ours, s'exerce à prononcer les mots qui font difficulté pour elle, récite des comptines, divague merveilleusement.

Elle descend l'escalier. Sarah a mis le couvert pour leur très frugal repas d'amoureuses. La lumière, la joie cohabitent avec le poids de l'absence en une certitude tremblante qui est peut-être ce qu'elle a de plus jeune en elle.

Au contact étroit avec les odeurs, les couleurs, les bruits de la colline, la sensation très vive pourtant qu'elle avait de la ville s'estompe. Cette grande cité de l'Est, Nancy, qui lui était devenue intérieure à force de lui être natale et naturelle, lorsqu'elle y retourne ne lui parle plus. Au point qu'elle ressent comme difficile d'y rejoindre ses amis qui autrefois furent pour elle des « passeurs ».

Passeurs à leur insu bien sûr et d'un fleuve dont ils n'avaient aucune idée. S'ils venaient aujourd'hui ici, dans ce silence-là, ils pourraient avec elle continuer la conversation commencée tant d'années avant, conversation sans but, dérivante, mais dont ils ne cessaient jamais de tenir le fil rouge. Maintenant, dans leurs appartements urbains, bien clos, parmi leurs tâches urgentes et utiles, oui il lui est difficile de les rejoindre comme avant. Elle se demande jusqu'à quelle profondeur la conversion à un autre état de vie s'est opérée en elle. Des brèches l'y préparaient : les vergers de son grand-père et l'adolescence, c'est-à-dire le temps des études secondaires dans une immense maison d'éducation à la campagne, à proximité de bois épais et de champs légèrement vallonnés. Six ans d'odeurs, de chants d'oiseaux, de mouvements d'étoiles mais aussi de froids brusques, de gels. Des soirs d'été à vous couper le souffle tellement la douceur en était insidieuse. Alors, regagner la ville durant les vacances, c'était perdre la sauvage Lorraine en un éloignement chaque fois difficile. Plus tard, retrouver ce contact bienheureux, vivre dans un village minuscule au cœur même du Vaucluse, plutôt qu'une conversion n'était-ce pas un retour, l'acquiescement à un désir ? Même Sarah a été ressentie aussi comme immergée dans ce désir, si bien que l'envie d'habiter une ville ne les a pas un seul instant effleurées. Une raison de plus, capitale, d'être unie à elle et un descellement dans les amitiés d'autrefois, petites fissures toujours plus profondes qu'on ne croit. Car lorsqu'elle les revoit, ses amis d'avant, l'unité de mesure s'est effritée et de quoi parlent-ils au juste, même si la tendresse brille dans leurs yeux, même si des souvenirs les lient qu'ils évoquent avec émotion ?

Mais lui sait ce dont elle parle. Sarah, elle, lui, respirent le même air.

La première fois que ses parents étaient venus la voir à Nessuma, outre qu'ils étaient courroucés à cause de sa vie qu'ils n'approuvaient pas, ils s'étaient mis à pleurer à l'approche du village, précisément sur cette fraction de la route qui s'élève rapidement en lacet entre deux sévères murailles de rocher : avoir élevé une fille jusqu'à vingt ans, disaient-ils, pour qu'elle vienne s'enterrer dans ces tas de pierres...

Si l'on est entré dans une réalité, il ne faut plus se soucier le moins du monde des commentaires qui vont leur train au-dehors. Puisqu'ils sont en dehors.

Qu'en est-il au-dedans ? Lorsqu'elle se retrouve dans les rues de Paris c'est comme si elle ne les quittait jamais. Bien que n'y ayant pas vécu, la ville lui est familière. Pas toujours de la même façon, on ne peut savoir. Tantôt elle lui est douce, presque légère, tantôt elle l'accable d'une redoutable indifférence, mais elle a remarqué que ce changement était toujours en corrélation avec son travail. Cela crée entre Paris et elle une sorte de passion. Ce qui est sûr, c'est qu'un séjour dans Paris lui confirme que sa vie en apparence retirée n'est qu'une présence accrue aux événements de la vie quotidienne parce que là-bas la distraction n'a pas cours. À Nessuma, entre les plis des collines, entre la végétation et les pierres, il n'est pas concevable d'être distrait. Et ce dont on est parfois privé à cause aussi d'une relative pauvreté qui ne permet pas toujours de voyager, avive le désir.

Si bien que ce dedans n'est cerné que par une membrane vivante propre à l'osmose et si cette membrane a l'air d'un mur, c'est une image trompeuse à laquelle on ne peut se fier. Dedans ne veut pas dire enfermement mais peut-être feu, puisque au feu il faut un lieu afin qu'il ne soit pas dévastateur.

Ils entrent dans l'hiver à pas lents. Ils s'immergent dans le travail. Les soirs viennent sur la fatigue, les rencontres la survolent. Aujourd'hui il lui a fait lire deux poèmes qui complètent le livre à venir. Ils ont tout oublié pendant qu'ils imaginaient le trajet — l'impact ? — de ces mots à nouveau assemblés autrement pour une chose urgente à dire. Et d'abord leur trajet en eux-mêmes. Expérience qu'ils ont faite maintes fois et qui les renouvelle. Ils ont parlé interrogativement des corrections apportées aux poèmes, du regard second dont elles dérivent. Elle est restée longtemps, ils étaient bien. Dehors il pleuvait. Quand elle était entrée il mettait en bouteilles du vin qu'il tirait d'une bonbonne et il s'était interrompu avec un grand soupir d'aise. Heureux de s'asseoir devant le feu. Un fragment d'un poème écrit peu de temps auparavant ne pouvait sans doute parler qu'à ceux-là seulement qu'une génoise — cette double ou triple rangée de tuiles au bord des toits — émeut. Peut-être fallait-il vivre ici pour savoir ces brusques pluies chaudes qu'amène le vent de mer ? Oubli d'avant, oubli répété, à nouveau désiré — que toute civilisation autre demeure étrangère, que toute singularité soit préservée ! — Elle avait aussitôt pensé à ce poème en entrant dans sa maison car il s'était lié à la pluie aussi naturellement que les images de l'enfance envahissent les sensations et plus tard un autre s'y était surimprimé, où sont rapprochées les pluies et les femmes, ce qu'elle accueillait d'un sourire dont n'était pas absente l'indulgence... Ils riaient maintenant. Elle ne sait plus à propos de quoi.

Elle a posé sur sa table le tiré à part qu'il lui a donné lorsqu'elle est partie. Elle relit la dédicace : « À..., qui du froid tire un feu brillant. » La pluie a cessé mais au milieu des terres détrempées d'en bas — elles fumeront demain matin au soleil —, dans sa maison hantée de souvenirs difficiles, son ami est seul. La poésie, l'imaginaire ne peuvent empêcher qu'à cette heure à peu près il quitte son travail et se lève pour réchauffer la soupe du soir, griller le peu de pain qu'il mange et absorber ensuite un repas de pauvre sans avoir faim. Avec la douleur du dos entre les épaules et ce froid qui n'est pas mesurable en degrés, qui vient de partout à la fois, rampant, tombant des arbres qui s'égouttent.

Un feu brillant. S'il détient un pouvoir, c'est bien celui de la ramener à elle-même et de la faire s'interroger. Ce qui paraît simple ne l'est presque jamais. Cette dédicace heureuse et reconnaissante, voilà qu'elle est en travers de la page plantée comme un couteau ; elle dit : tu peux quelque chose pour moi, la seule chose utile, pourquoi n'y consens-tu pas ? Pourquoi en effet ? Que peut bien signifier cette défaillance de son corps au lendemain de la dernière tentative qu'il fit pour la rejoindre avec son sexe, ces vomissements incoercibles qui durèrent une journée, cet affolement du foie ? Elle voit d'ici les sourires narquois de ceux qui ne jurent que par l'analyse. Ils auront beau jeu de prétendre que c'est tout simplement le dégoût du ça qui s'est exprimé violemment. Ce qu'ils ignorent c'est que les émotions intenses se sont souvent manifestées de cette manière dans sa vie et qu'on la disait fragile du foie à cause de cette particularité alors qu'elle n'était qu'une petite fille sensible qui allait probablement très bien. Avec l'âge et l'entraînement de la vie aidant, elle s'était progressivement aguerrie et les crises étaient devenues de plus en plus rares. C'est donc que ce soir-là quelque chose l'a ébranlée, assez puissant pour déclencher en elle le vieux réflexe et le déclencher à son insu puisque ce n'est qu'au matin qui suivit qu'elle sentit le mal-être.

Qu'est-ce qu'un faire l'amour dans lequel ne s'engloutirait pas la vie ? Un acte aussi sublime peut-il être isolé — car même répété, s'il demeure en dehors de la vie partagée, il est isolé —, peut-il être tout simplement une rencontre ? Franchement, elle ne le sait pas plus aujourd'hui. Un élan l'aurait éclairée mais cet élan n'est pas venu parce que l'idée même de prononcer les mêmes mots pour deux êtres différents lui a fait horreur. Viscéralement, sans aucun doute possible. Parce que ces mots sont du corps, ils ne naissent pas de la décision claire mais de la lumière ingouvernable du désir, ils appuient la cohérence sur la folie et ils ont déjà tout décidé avant même que nous en soyons avertis.

Ce soir-là, si les mots l'avaient entraînée sur une pente différente, certes elle aurait fait l'amour avec lui, mais ils l'ont conduite là où ils la conduisent toujours, à Sarah. Et cela avec une célérité telle qu'il n'y a pas eu place en elle pour la moindre seconde d'hésitation. La fidélité n'est pas une vertu, elle le sait maintenant. C'est une respiration, c'est un regard.

Mais ce qu'elle sait aussi ce soir, c'est que sa propre histoire à elle aurait pu suivre une autre courbe où tout se serait trouvé inversé, où vivre en dehors de la fidélité à lui eût été alors impossible. Mais cela probablement, même cela, si elle le lui disait, ne suffirait pas à entretenir le « feu brillant » que sa présence passante suscite. Dans l'histoire de nos traces, aucune instance supérieure n'a prévu de version de rechange.

Alors endors-toi de ton mauvais sommeil dans ta maison très solitaire tandis que je suis dans la chambre, regardant Sarah qui vient et mesurant le poids souverainement injuste du bonheur.

Plus tard, marchant sur un chemin de pierres, elle pense que le corps a été touché, qu'il en a la confirmation lorsque l'imagination de la mort qui surviendra dans le corps de l'autre est insoutenable. Or son corps à lui, sa beauté, appartient à ces rares êtres desquels elle ne peut se représenter la mort concrète sans défaillir. Elle pense qu'il en a tout de suite été ainsi, dès qu'elle l'a vu. Ce signe très important demeure.

Son écriture — graphisme et sens — sa proximité désarmante.

Inconfort de l'amitié. L'autre jour, elle l'a regardé accueillir son ami H.M. Elle n'enviait pas cette rencontre mais elle ressentait davantage encore la difficulté qui menace l'amitié entre un homme et une femme. Elle s'est surprise à souhaiter l'avoir rencontré beaucoup plus tard lorsqu'elle-même commencerait à devenir vieille...

Ce qu'il ignore, c'est qu'elle accepte l'inconfort comme naturel parce qu'elle déteste les tranquillisants et voudrait n'être exclue de rien. Est-elle forte ? Non. Sarah : une paix inaugurale, superbe, dès les premières heures de leur amour. Autour d'elles, en bas, les persécutions, les interdictions ressemblaient aux abois comiques des roquets. De là vient sa force. Que l'on décide ce qui départage l'intérieur et l'extérieur.

Et si l'amitié était un sentiment en voie de disparition comme ces espèces que l'on s'efforce de protéger en vain ? Si bien qu'en ce moment même elle se réfère peut-être à une chose morte devenue incompréhensible ou plutôt indéchiffrable. Ce qui lui souffle cette mauvaise pensée, c'est l'appauvrissement sinistre du corps, sa réduction progressive au sexe qui du coup perd tout le corps, perd son alliance fondamentale avec le corps. Que l'amitié concerne aussi le corps, qui s'en étonnerait ? De même que cette marche dans la garrigue à cette heure du jour est extraordinairement sensuelle. Sinon pourquoi retournerait-elle si souvent vers les cades, les térébinthes, les cistes pour retrouver le vent qui égare les odeurs en se faufilant par grandes goulées invisibles parmi les aromates ? Mais plutôt l'amitié entre les hommes et les femmes ne serait-elle pas un sentiment tout à fait inconnu et qui attendrait pour se manifester dans le futur qu'enfin les préjugés meurent ?

Il dit souvent « tu sais tout », mais il oublie vite les involontaires leçons qui émanent d'elle. Pourtant l'autre jour après un silence, elle a pu entendre ceci qui l'a éblouie, venant de lui, « comme Sarah est aimée, elle ne sait pas à quel point elle est aimée ! ».

Hiver sur le Vaucluse. Lumière drue, coupante, impitoyable. Travail dans la maison fermée où rayonne la chaleur du grand poêle à charbon, portes ouvertes sur les chambres.

Les nouvelles du dehors, les gens qui passent, cela est absorbé sans bruit, gardé. Lenteur apparente des jours trop courts. Elle se bat pour ses poèmes dont nul n'a besoin et qui sont pourtant indispensables mais selon une logique qui n'est pas celle des éditeurs. Dans ce qui paraît plein, il existe fatalement un vide à combler qui ne peut l'être que par eux. Leur nécessité n'apparaîtra qu'à quelques-uns mais cela suffit à leur conférer une valeur irremplaçable. N'est-ce pas ainsi qu'elle reçoit les autres à sa table, à cette espèce de festin silencieux qu'est la lecture ? Évidence de ce partage, ici, dans ce pays où calculer est un acte indécent. À Paris cette richesse s'effrite. Pour quelques rencontres vivantes, combien d'autres où les mots pleins de sève qui l'emplissent deviennent de la terre dans sa bouche. Rendez-vous, attentes, espoirs reculés. Elle se souvient de ses paroles : la poésie est longue, sois patiente, c'est une affaire de vie. C'est alors comme si la solitude des collines recouvrait le sixième arrondissement, l'effaçait, comme si la Sorgue submergeait la Seine de ses impétueuses eaux vertes.

Viennent les fêtes, les jours qui réunissent les enfants dans la grande maison. La vie se centre autour du feu, des lumières, de la musique. D'un repas à l'autre on laisse la nappe rouge sur la table, les papiers des cadeaux sont froissés, on peut manger des oranges ou des mandarines à n'importe quelle heure, on regarde les amandes crépiter dans le sucre doré, on cueille des feuillages luisants. Puis on arrive dans une autre année en dévalant un toboggan de rires et la grande vague de silence revient, elle reprend les jours pour les mener vers la fin de l'hiver. À l'Épiphanie, la petite fille se retrouve seule devant la galette des Rois, seule de son âge, ce qui signifie la plus grande solitude. Aussi l'emporte-t-elle à l'école pour que continue le jeu.

C'est un jour de soleil qu'elle apprend la mort de Giacometti. Il y a peu de temps au Viala elle a regardé très longuement les quatre eaux-fortes qu'il a gravées pour le dernier livre de C. Des gravures sombres très mystérieuses qui témoignent de cette espèce d'abandon de l'homme livré dans sa fragilité à la nuit oppressante. Ces gravures qu'il ne signera pas. Cette nouvelle l'atteint plus qu'elle ne l'aurait imaginé puisqu'elle ne connaît pas l'homme Giacometti. Mais ce qu'il laisse derrière lui, elle le voit. Ces dessins qu'elle a peu à peu approchés dans la maison de son ami, qui s'accommodent mieux de la pénombre que du grand jour, ces sculptures qui sont une pure verticalité émergée de la matière, issue d'un toucher frénétique. Ce matin, tandis qu'elle traverse la place du marché, elle a le sentiment presque violent d'être accompagnée par ces figures hautes, hommes et femmes, par Diego le frère bien-aimé qui pour toujours maintenant dresse son visage sur un inimitable mouvement du cou, par Annette au regard troué, fixe, par Caroline, celle du dernier chagrin, droite sur son tabouret. Elle entend la voix de Giacometti (une seule fois mais jamais oubliée), la façon presque butée dont il parlait de la tête, de la lutte acharnée qu'il faut entreprendre et soutenir pour la « rendre ». Il vient de mourir brusquement, encore jeune, assez pour qu'il ait pu poursuivre longtemps la procession extraordinaire dont le but était peut-être la dépossession de tout. Procession qui s'interrompt, interdite. Elle pense soudain que cette mort va frapper son ami au point le plus vulnérable et qu'elle ne pourra manquer de lui apparaître comme un signe fatal, germe de mort dans un livre où rôde la mort.

Et là-dessus, le soleil. Chaud malgré l'hiver, clair, tendre. Miséricordieux.

Elle rentre au village et d'un seul mouvement écrit un poème puis une lettre à celui que la tristesse met en danger.

Sarah et elle marchent longtemps à travers les collines jusqu'à Valescure que l'on découvre au bas d'une longue pente couverte de romarin. Une bergerie en est l'unique habitation. Un berger, un troupeau nombreux. On a planté récemment des arbres fruitiers, verger tout à fait insolite ici, le reste étant de terre herme comme toutes les collines mais couvert d'une herbe plus rase et surtout plus renouvelée à cause des moutons. La vallée est fermée par un cirque de falaises ocre et à son aval elle s'ouvre sur un lieu célèbre, Vaucluse, pour les gens du pays. Val clos. Elles regardent le paysage, ses écarts. Aucune écluse — d'air ? de rocher ? — ne relie entre elles ces vallées qui semblent suspendues. D'inquiétants écroulements ont un jour empli le ciel d'un bruit terrible. Et puis le silence, les blocs, les aigles et une érosion différente qui s'est mise en marche aussitôt jusqu'à ce qu'un autre effondrement fasse trembler la terre. Elles se regardent aussi. Quelles érosions passent sur elles ?

Le printemps revient, de jour en jour la lumière s'adoucit, des fleurs, celles qui sont royalement pauvres, surgissent à l'abri de chaque mur, du moindre rehaut de pierres. Si le vent du nord ne souffle pas trop violemment, on peut espérer une précocité superbe dans la végétation.

C'est le moment que choisit l'État pour commencer à transformer en poudrière atomique un des plus beaux lieux du monde, le plateau de Lutas. Ce n'est pas que le scandale soit ici plus grand qu'ailleurs, il est, cela suffit. Et voilà que ce lieu tout à coup participe du désastre. La nouvelle se répand avec ce langage voilé généralement annonciateur de catastrophes. Sur la petite politique locale et ses querelles de diversion, la main de fer d'un pouvoir énigmatique et distant vient de s'abattre. On parle peu. Mauvais signe.

Ce pays qu'elles ont adopté leur en devient plus précieux car elles sont au milieu de leur vie et ce choix prend alors toute sa gravité. La Haute-Provence sèche, terre de gratuité, qui fait contrepoids à tant de régions intensivement utiles, usées par une superorganisation pillarde, va donc devenir sur une surface considérable une réserve de mort. D'un paysage aussi sublime qu'on appellera désormais base où rampe, on va pouvoir projeter les engins qui porteront sur une autre terre tout aussi innocente la brûlure, l'arrachement, la douleur sans nom, la pourriture des chairs, la destruction.

En un sens, rien n'est changé, la progression perverse du monde avance à pas pressés vers le pire comme vers un aimant, et si l'on ne faisait pas cela ici cela signifierait qu'on le fait ailleurs. Mais ce qui est changé, c'est la perception qu'on en a et comment, dès lors, accepter passivement ?

Déjà, solitaire au début, la voix de son ami s'est élevée dans un pamphlet corrosif. Il y a de cela plusieurs mois. Lui, né ici, n'a pas pu se taire un seul instant.

Déjà, un dimanche de vent glacé ils sont allés nombreux s'immobiliser sur le plateau de Lutas et des paroles de paix ont résonné dans l'air. Cela, les instances supérieures l'ont prévu, elles ont même sans doute calculé une certaine marge de temps qu'on pourrait appeler, qu'elles appellent probablement elles-mêmes « temps de la protestation ». Ce sont de petits remous insignifiants qu'elles écarteront de la botte en passant, le moment venu. Il faut pourtant dire non. Que feront les femmes et les hommes, beaucoup plus tard, quand le pays sera devenu par une contagion redoutable un territoire inhumain, explosif, où la majeure partie de la civilisation sera rendue illisible ?

Aujourd'hui, elle a reçu de lui une lettre. Cette lettre est rare, elle est de celles que l'on voudrait partout emmener avec soi, et l'ayant reçue elle a le sentiment étrange qu'elle constitue un testament et qu'elle lui sera une parole continuée à la fois pour sa vie et pour son œuvre puisque la vie et l'écriture vont ensemble dans un inséparable mouvement. Cette lettre sur sa table, avec sa marge généreuse, la gravité de son contenu et l'intimité du geste qui l'écrivit. Maintenant, à travers une douleur que personne ne pourra jamais abolir ni atténuer, ils se rejoignent dans une plénitude qui leur tient lieu de douceur, qui est peut-être une autre douceur, incompréhensible celle-là, à ceux qui n'aiment que la possession.

Il lui semble aussi que munie de cette lettre elle pourra franchir des obstacles dont elle n'a aujourd'hui aucune idée mais qui se présenteront infailliblement et qu'elle reconnaîtra car ils revêtiront cette qualité particulière de ne pouvoir être surmontés que dans l'extrême solitude.

Mais il est également probable que lui, lié à l'instant, à la chaleur brusque, oublie cette lettre qui pourtant le révèle et resserre le lien qu'ils ont entre eux. Lien déroutant, intermédiaire, voie trouble qui les fait accéder à un belvédère pour eux seuls mais d'où chacun d'eux ne voit pas exactement de la même façon la lumière sur le paysage immobile.

À son initiative, des textes circulent, une pétition s'organise à travers la France entière pour protester contre l'implantation d'un ensemble stratégique d'engins balistiques en Provence. Dans le même temps les travaux préparatoires s'accentuent, les fermes se vident de leurs habitants et des rumeurs d'argent empuantissent. Une affiche de Picasso se met à fleurir partout, porteuse d'un poème de C. Chaque fois qu'un chemin de terre est éventré par les bulldozers, une colère fermente. Là-bas, à Paris, ce ne sont que mouches qui volent. D'ailleurs le D.D.T. existe, il n'y a pas lieu de s'émouvoir.

Amours des chats dans le jardin, dans les calades. Cris dont l'exaspération s'angoisse et se déverse sur la nuit. Qui parle de pleurs d'enfants ?

Dans le printemps précipité, les matins encore froids promettent d'éclatantes journées. Parfois des pluies folles s'abattent en biais et l'on peut voir des rafales de vent s'inscrire en remous brillants sur leurs parcours du ciel à la terre. Le vert revient, s'affirme de jour en jour. La petite fille ôte son pantalon de velours, ses chaussures, pour grelotter dans une robe de coton, pieds nus dans des sandales. C'est le printemps, dit-elle, et elle, sa mère, lui sourit, reconnaissant dans sa progéniture une passion qu'elle partage. Les enfants du bon sens sont toujours trop habillés, souvent elle les a plaints. Célébrer un changement de saison avec enthousiasme vaut bien un rhume !

Parfois au Viala elle rencontre A. Elle vient à intervalles réguliers passer quelques jours auprès de lui. Le moment de présenter son diplôme approche et ses séjours sont aussi des séances de travail. Elle est belle, distante par timidité et quelque chose d'austère émane d'elle. Certains diraient qu'elle manque de rayonnement mais c'est un jugement hâtif. Elle pressent au contraire que, pudique, elle réserve ce rayonnement. Sûrement parce qu'elle est lorraine et qu'elle-même, venue de cette province-là, reconnaît ce signe distinctif. Elles parlent un peu sans qu'un échange ait vraiment lieu, toujours au bord d'une réalité sans l'effleurer. Elle le regrette. Sans doute chez A. y a-t-il de la méfiance car elle la devine proche sans que son lien avec lui soit clair. Elle sait qu'il affectionne l'ombre sur les êtres, qu'il évoque souvent la nappe, le voile de la poésie et qu'il épaissit à plaisir le mystère de chacun. C'est peut-être une exigence, sûrement un jeu. — Ne me dis pas d'où tu viens ni où tu vas. Sois là. Sors de l'ombre et sois là, soudain. — Jeu dont elle se sent complice et qui satisfait totalement l'idée qu'elle se fait de la présence, mais jeu qui peut faire mal s'il donne naissance au soupçon. A. croit-elle qu'il lui voue sa fidélité désormais et qu'elle (l'autre) est une rivale virtuelle ? (Cette virtualité étant indéfinissable et, comme Janus, tournée vers le passé et l'avenir.) Cela suffit à engendrer le malaise diffus qui fait obstacle à la parole entre elles. Ce qu'elle voudrait lui dire ? : A., n'ayez aucune crainte, riez ! Il est mon ami. Je suis sans doute la seule femme dont vous n'ayez pas à vous soucier parce que j'aime avec passion quelqu'un d'autre et que je préférerais mourir plutôt que d'être infidèle à mon amour.

Oui c'est ce discours délirant, démodé, médiéval la seule chose vraie qu'elle voudrait lui dire au lieu de rester là au soleil, devant la porte entrouverte, à énoncer des banalités polies, des considérations sur le temps ou les universités, après que A. l'a prévenue d'un air contraint que « Monsieur C. » n'est pas là. Si A. est aimée, si elle aime, pourquoi prend-elle cette attitude de servante ou de secrétaire ? Pourquoi n'agit-elle pas librement ? Elle a vingt-cinq ans à peine. Son goût pour la poésie, un hasard qu'elle a aidé par son choix l'ont conduite ici où peut-être va se jouer la partie majeure de sa vie. On imaginerait pour elle une joie et une force dont elle semble dépourvue. Mais n'est-ce pas justement sa venue qui l'inquiète et la jette en alarme ? La jalousie justifiée est un sentiment parasite, et du reste impuissant, que dire alors, quand elle n'est fondée sur rien ?

Mais cela, c'est le discours de l'extérieur. Celui qui se trompe toujours sur un être, aussi regarde-t-elle A. avec sympathie dans l'espoir d'une quelconque ouverture. D'ailleurs s'il est là A. se retire très vite la plupart du temps, les laissant seuls. Son passage s'abrège alors, il se borne à quelques échanges rapides et à un regard qu'elle porte sur lui. Oui il va mieux malgré certaines fatigues, certains creux. Vivre ici souvent le régénère et le combat entrepris depuis des mois pour le plateau de Lutas mobilise ses forces. La chaleur va venir, cette chaleur qu'on garde dans le pays loin dans l'automne, comme si le rocher partout présent dès qu'on gagne les collines la captait pour l'enfouir et ne la rendre qu'en une savante économie. Attente de cette chaleur qu'au plus fort de l'été jamais elle ne trouvera excessive. Le souvenir de la Lorraine, de ses hivers interminables lui pèse encore. Son ami va guérir et cette pensée la suit pendant qu'elle revient au village. Sarah l'écoute, buvant ses paroles, bien plus belle encore depuis qu'elle se sent réconciliée.

Un jour de mai le facteur apporte le livre de son ami. Elle en connaît tous les poèmes mais les voilà à présent évadés de leur lieu de naissance. Déjà les bibliophiles ont refermé à clef les portes de leur bibliothèque sur les exemplaires précieux de l'édition originale. À leur tour les amoureux de poésie vont le découvrir.

C'est ainsi chaque fois qu'un livre vient au monde. Celui-là l'émeut davantage parce qu'y sont inscrites des choses qui la font trembler. Des fragments tombés de l'écriture, qu'elle n'a lus souvent qu'une fois et qu'elle n'a pas oubliés. Ils pourraient la faire se retourner brusquement si quelqu'un les lisait à haute voix derrière elle dans trente ans. Ils sont gravés dans cette zone où s'active l'intelligence la plus discernante, où se déploie la mémoire la plus fidèle. Zone dont on parle quand on se dit touché par une musique, un texte, une peinture et l'on a recours alors à ce verbe matériel, sensuel.

Le livre est peu épais, léger. L'ami l'a dédicacé à elle et à Sarah, une phrase énigmatique suit cette dédicace : « Pour le maintien d'une barre de clarté rose, au loin. » Comme la lettre de l'autre jour, cette phrase porte en elle une douceur et une distanciation particulière, un avertissement sans doute.

Au soleil, en un coin retiré du jardin, elle lit lentement les poèmes. La fièvre et la douleur de deux années les traversent. Si le livre est léger, son contenu est lourd comme du mercure. La poésie de son ami tient dans une écriture serrée, elle est l'exact contraire de ces conversations où il garde si volontiers la parole en la faisant rebondir sans cesse, que ses interlocuteurs souvent se contentent d'approuver, noyés dans son discours. Là, des verrouillages fonctionnent, des écluses distribuent et retiennent, des trouées créent de nécessaires espaces mais sans que jamais le sens soit détourné de son but, sans que jamais soit pervertie la lumière au profit de l'effet. On entre dans ces poèmes exactement comme dans certains paysages berbères aux collines pierreuses, l'œil découvre soudain un village si extrait de son contexte qu'il s'en distingue à peine. Ce qu'elle est en train de lire est inscrit dans le paysage du Vaucluse. L'amour qui fulgure dans ces poèmes n'a pu être vécu ailleurs.

Au soleil, en un coin retiré du jardin, elle s'interroge sur l'universalité d'un poème. La présence particulière de ceux-ci n'est pas due au seul fait qu'elle s'y sent impliquée car d'autres poèmes très anciens, écrits dans des pays fort éloignés d'elle, possèdent parfois une telle intensité de présence qu'ils la concernent totalement. Non, l'histoire privée de ces poèmes est négligeable, elle n'appartient qu'à deux ou trois personnes alors qu'ils s'adressent à tous mais leur universalité tient à ce qu'ils ont rendu cette histoire suffisamment transparente pour que, toute anecdote effacée, il ne reste plus que cette trace brillante et dure, ce sens qui peut assouvir la faim. Poésie d'aujourd'hui que l'on dit hermétique et abstraite, ce n'est pas toi qui te retires mais ceux qui, ne pouvant plus descendre dans leur silence, te fuient à travers leur vacarme, leur encombrement, se ferment à toi. Au soleil, en un coin retiré du jardin, elle se demande ce qu'elle a échangé contre ce silence, contre cette beauté qui l'entoure, mais elle sourit car ce troc (qui en a décidé au juste ?) la favorise dans d'injustes proportions à moins que l'argent, ces courants de l'argent que multiplie la ville, possèdent une valeur qu'elle ne perçoit pas. Peut-être après tout que de ce troc, peu de gens voudraient... L'essentiel pour sa vie étant que Sarah ait fait le même choix.

Ces poèmes. Ils portent en eux la mort et toutes les raisons de ne pas mourir. Elle sait qu'elle fera appel à eux demain, après-demain, beaucoup plus tard encore, si la voix qui les a donnés disparaît avant elle comme la datation dans le temps le laisse logiquement prévoir. Aujourd'hui, jour de mai, les feuilles des figuiers ne possèdent pas tout à fait le vert sombre de l'été, des insectes rouges s'accouplent sur les touffes des lys et le rossignol de la nuit ne chante pas encore l'amer pressentiment que l'on entend peut-être à partir d'un certain moment. « On devrait mourir en allant chercher du bois », disais-tu... Oui, on devrait.

De temps en temps elle s'arrache au travail pour aller acheter ce qui est nécessaire à la vie quotidienne. Au retour, en passant, elle s'arrête un moment bref au Viala. Conversations hâtives où reviennent les préoccupations constantes au sujet du plateau de Lutas. Les travaux progressent, le gouvernement ne démord pas de ses objectifs. Puisque aucune consultation de la population n'est prévue, puisque cette idée ne semble effleurer aucun « responsable » (on ne dira jamais assez les abîmes d'inconscience que cache ce mot rassurant !), une réunion de protestation aura lieu. Ce projet mobilise les volontés décidées. Ils en font partie. Elle pense avec lui que le simple fait de pouvoir dire encore et bien haut son refus est un luxe qui ne durera sans doute pas autant qu'on le croit. Ceux qui nous bâillonneront vivent en ce moment, ils vivent à nos côtés. L'effroi nous surprendra d'où qu'il vienne parce que la machinerie qui se mettra en route sera celle que l'on n'a pas prévue. D'où chaque fois ses coups mortels.

La chaleur déjà.

Dans l'atelier blanc, la tension se resserre autour du travail. Sarah, silencieuse, pour de courts moments de repos monte sur la terrasse au soleil. Elle entend son pas sur la vaste dalle, une, deux portes s'ouvrent. Elle sait qu'une natte est déroulée et que Sarah s'y étend nue sans souci d'aucune ombre. Les longues baies sont ouvertes, des insectes hésitent dans le léger courant d'air. C'est un jour comme les autres avec un certain nombre de tâches à accomplir, avec le dosage spontané entre ces tâches et le recul à prendre pour y réfléchir. La sonnerie du téléphone de temps à autre fait bouger des ondes. Elle écrit. Regards jetés à la fenêtre puis plongées dans un espace indéfini, celui où fonctionne à son insu la « machine d'écriture ». Du temps passe dont elle s'aperçoit après coup.

À onze heures et demie, la petite fille courra vers la porte, on entendra son poing contre le bois, son appel où se chevauchent les aigus.

Jour d'une plénitude telle qu'elle ne peut s'empêcher de penser à la transparence revenue après une traversée des ténèbres. C'est au terme d'un parcours divergent qu'elles se retrouvent. Ténèbres pour Sarah, étroitesse, manque d'air et qui sait ? peur. Pour elle, division, guerre intestine entre l'assombrissement et la lumière. Aujourd'hui, elle ne comprend pas encore vraiment quelle sorte d'événement a pu survenir et comment un tel bien — la rencontre, sa tremblante et toujours impérieuse nécessité — a engendré ce désarroi profond alors que l'amour se vit à mille lieues au-dessus.

Quelque chose bute, refuse d'entrer dans l'imagerie toute prête. Celle dont elle s'est servie sans méfiance, sans nuances et (peut-être) avec une mauvaise foi si fondamentale qu'elle a cru innocentes ses allées et venues entre le village et le Viala. Le regard de Sarah, le regard de son ami dénonçaient cette innocence, criaient que l'innocence n'existe pas mais elle, sourde, entendait beaucoup plus clairement la voix d'un mythe aussi rassurant qu'exaltant. Voix qui suggère avec des accents indicibles que l'amour, par essence, est préservé de tout, que morsures, égratignures, pièges ne peuvent l'entamer ni même l'atteindre, que les coups portés sont en vérité sans objet, que la jalousie procède d'un sentiment si bas que ses éclaboussures retombent sans avoir rien sali. Musique pernicieuse, chant des sirènes. L'amour n'est sublime que parce qu'il est fragile, sa fulgurance même vient de sa précarité car nous sommes pauvres, séparés de la totalité de nos sens par des épaisseurs d'insuffisances et de désirs non aboutis, cals, durillons, déchets. Cette grande idée qui la mène, c'est aussi celle qui la précipite au fond du puits.

Peut-être à la lumière d'aujourd'hui, voit-elle ce qu'elle n'a pas encore vu. Elle a le souvenir de l'émergence en elle de certaines frontières qui, la veille encore de jours en apparence ordinaires, lui auraient semblé inconcevables et qui se sont pourtant manifestées. Il y a donc en nous des zones de clivage ou de prérupture qu'il nous est donné de découvrir à mesure et qui divisent notre vie en fragments d'importance variable ne correspondant pas aux périodes aisément repérables marquées par les événements et la géographie des lieux. Ces fragments, îlots de la vie souterraine, sont reliés entre eux par la mémoire qui télescope le temps et restitue la chaleur. Aujourd'hui, une rupture survient en elle, qu'elle n'a pas provoquée, qu'elle accueille et parce que la lumière lui parvient autrement, une part qui était dans l'ombre se trouve brusquement éclairée. Taille sèche de cette lumière, elle ne sait si c'est une souffrance ou une espèce de paix. Il est trop tôt encore, elle vient juste d'être surprise et n'éprouve qu'un besoin intense de la chaleur du soleil, aussi monte-t-elle à son tour sur la terrasse auprès de Sarah. Sans paroles, elle s'étend à ses côtés et le sol brûlant lui fait presque mal. C'est donc l'excès que nous aimons, pense-t-elle, c'est le danger qui nous fascine. Miroir du ciel qui nous absorbe, ne reflétant rien. Taille sèche, oui, impitoyable. Elle pose sur Sarah son bras nu. Elle regarde Sarah sourire sans ouvrir les yeux, bouger, se faire plus proche encore. Son odeur lui parvient malgré la brutalité de la chaleur. Contre sa joue elle a soudain la qualité de ses cheveux, leur soie lisse. Elle ne la voit plus. La sentir, l'éprouver, dépasse l'envie de la regarder.

Mille morts au lieu d'une. Trouée. Voix sans timbre. En travers de sa vie, ce passage désertique, mais elle n'a pas compris tout de suite que là, l'herbe ne repousserait plus. D'ailleurs quelle herbe ? Sarah, nom énigmatique. Brûlure. Quelque part il est parlé d'un sceau. Lui, que tout le monde nomme C., qui détient un pouvoir incontesté et qui le sait, même sur ceux qui le connaissent à peine, il s'est donc insinué, par un passage qu'elle croyait gardé, jusqu'à la chambre haute. Sa manœuvre n'a pas été de gestes, ou si peu, mais de paroles et de silences et surtout d'une certaine qualité d'attente d'elle qui ne pouvait pas ne pas la toucher au cœur.

Comme l'eau qui se retire laisse des coquillages vides, aujourd'hui, sans qu'elle sache pourquoi, une énergie, un flux se retire d'elle, sa rumeur décroît, abandonnant une structure que faute de mieux on appelle fidélité. Qu'elle nomme aussi parfois de ce nom bien que des siècles et des siècles d'usage aient encrassé considérablement le mouvement premier. Aujourd'hui elle voit que la merveilleuse structure, en apparence inchangée en elle, a peut-être frôlé le vide, qu'elle est peut-être, en partie, vide.

Aussi son bras s'enlise-t-il le long du corps de Sarah.

Mais en même temps, dans la stupeur due à la chaleur, une douceur vient de l'évidence qu'on ne gouverne pas sa vie mais qu'on est traversé, habité par elle et parfois miraculeusement débordé.

Une douceur vient du sentiment de ce non-savoir.

Le soir, dans la chambre enfin pleine d'ombre à défaut de fraîcheur, tard, l'eau circule à nouveau entre leurs corps. Le guet immobile recommence parmi le désordre des gestes. Toute amertume bue elle se retrouve dépossédée de cette conscience sûre, un peu hautaine, qui la séparait de la réalité de Sarah. Entre ses bras elle est l'infidèle qui pleure sans bruit car l'apparence n'est rien. Qu'ils n'aient pas fait l'amour ensemble elle et lui ne revêt plus la valeur d'un signe sinon celui de son orgueil ou de sa fidélité obstinée à elle-même. La main de Sarah sur son visage, celle qui essaie d'effacer les larmes, la bouche de Sarah sur son visage rétablissent le temps, remettent en suspens la vérité qui n'est jamais une, jamais simple, disent seulement « tu es là » puisqu'il n'y a rien d'autre à dire.

Quand elle passe le portail de bois peint, c'est la veille de la manifestation. Plusieurs voitures stationnent le long de la haie. Cependant son ami vient à sa rencontre et elle le regarde venir tout en hâtant le pas. Il marche chaussé d'espadrilles, vêtu de bleu. L'amaigrissement qui soulage son dos fait de lui, malgré sa stature de Ligure, un être d'air. Des gens l'attendent, elle ne s'attarde pas. Il lui dit que l'apercevoir quelques instants, c'est un grand repos pour lui. Ils se sourient, elle ne prend pas garde aux noms qu'elle entend, aux mains qu'elle serre. Dans le jardin, il lui communique un texte qu'il vient de recevoir, texte qu'il pense lire demain matin devant un public restreint près de la source de la Sorgue. Une signature célèbre s'inscrit au bas de la page mais le contenu trop littéraire est teinté d'irréalité. Elle émet des réserves, allant jusqu'à lui dire : « Tu ne vas pas lire ça ? ou du moins pas tout ? (Il réfléchit.) — Oui, tu as raison, je me contenterai de citer le texte ou je n'en dirai qu'un bref passage. J'ai eu tant à faire que je n'ai pas pris la peine de bien l'examiner. — Tu ne te sens pas trop fatigué ? »

Autour d'eux le jardin calme. On entend (mais quelle oreille ? attentive à quels lambeaux de conversation que véhiculerait le vent ?) qu'il « tiendra », qu'elle a bien fait de venir. Sarah chantera-t-elle demain cette chanson *Haute-Provence des grenades* qu'elles ont écrite ensemble et qui est un « protest song » déchirant ? Oui, elle chantera. Au détour des allées, on entend aussi qu'elles ont fait de leur côté tout ce qu'elles pouvaient, des articles dans les journaux, des cris publics ou privés à la manière de Cassandre. Chaque catastrophe a ses Cassandres impudiques et impuissantes. C'est ainsi. Ne sommes-nous pas tous

Cassandre ? Si, mais il faut agir comme si nous étions efficaces, comme si le pouvoir nous appartenait. Il se peut qu'ensuite le vent tourne ou que l'argent manque... Il le lui répète, il n'a plus aucun espoir. Elle non plus, cependant cela les regarde seuls, il faudra l'oublier demain.

Ils marchent aussi sans parler. Il écrivait dans une de ses lettres : « Les salauds vont commencer leur percée pour enfouir leur fumier de fer et de mort... » Ils ont vu les bords de la Sorgue se souiller d'immondices, les villes s'agrandir dans le désordre et la disgrâce, les guerres se multiplier comme des feux de forêts, le désir s'éteindre progressivement dans les vies, ils ont vu ce qui est à voir, qui ne varie pas, qui s'aggrave, la furieuse monotonie du désastre. S'ils ont tourné la tête pour regarder ailleurs ce n'est pas d'un mouvement léger, mais pour reprendre souffle. On croit que la poésie s'évade. Ceux qui croient cela ne l'ont jamais lue. C'est à cause d'elle, poussé par elle, que cet homme fatigué a investi toute son énergie dans ce combat urgent pour une cause perdue. Dans la foule des mots, la poésie maintient la parole. Aussi sûrement que les espèces se reproduisent sans faiblir, elle dure. La conscience collective, c'est elle, parce qu'elle est vécue dans l'extrême particulier.

Tout cela dans un éclair, dans le regard qu'ils posent sur les buissons de romarin tandis qu'ils se disent au revoir.

L'après-midi du même jour, Sarah et elle, devant lui apporter un document, passent comme le vent dans sa maison et lui laissent trois bâtonnets d'encens qu'un ami ethnologue vient juste de rapporter de l'Inde. Il reste sur sa porte à les regarder s'éloigner.

Vers onze heures ils montent le chemin vers la paroi cachée par les arbres à cause du jeu de la distance. C'est encore la fraîcheur ici. Ce lieu change avec les jours. En hiver, le soleil le déserte très tôt, on frissonne auprès de cette eau verte, pressée, l'air s'engouffre entre les versants, l'ombre a quelque chose de noir. Vers mars, aux plus hautes pluies, l'eau qui sourd de dessous la falaise en un lac émeraude parfaitement tranquille dévale au niveau des blocs effondrés avec un bruit assourdissant. C'est une fête de l'impétuosité avec des arcs-en-ciel fragmentés, de l'écume, un poudroiement humide. Plus bas, la rivière reprend son cours transparent où des herbes peuvent s'étirer. La folie se concentre sur deux centaines de mètres à peine mais qui l'a vue ne l'oublie jamais. L'été assèche les blocs, la surface du lac baisse, on peut s'approcher d'une sorte d'entonnoir, marcher là où il y avait deux ou trois mètres d'une eau qui souterrainement rejoint l'aval.

Aujourd'hui, début juin, on se tient debout au bord d'une vasque dont le diamètre a rétréci. Miroir étroit pour une falaise aussi haute. Encore un peu plus de chaleur et la source ressemblera à un puits. Ici le chant des oiseaux, de n'importe quel oiseau, s'apparente à celui du rossignol à cause de la paroi qui amplifie les sons, à cause aussi de l'ombre verte. Seuls les prédateurs qui nichent dans les trous du rocher agacent l'air de cris secs, grinçants.

Il va parler. Au silence qui précède c'est son émotion que l'on mesure. Mais il se contente de lire un court texte écrit par lui un mois avant et quelques témoignages parmi lesquels celui qu'elle a lu hier dans le jardin, en son entier. Il ne parle pas parce qu'il est entouré de fidèles qui le connaissent et qu'il se réserve pour la foule anonyme de l'après-midi. La rigueur et le grandiose du lieu écrasent de tout leur poids la tentative du dire.

Ensuite il se retourne et amorce le mouvement de descente du chemin. Passant devant elle, il lui glisse un regard oblique, partagé entre l'inexpression et la gêne. Elle suit à quelque distance, perdue dans l'examen minutieux du parcours. Hier, dans son jardin, il savait qu'il lirait ce texte, il n'a jamais cessé un seul instant de le savoir. Alors, pourquoi avoir menti, pourquoi avoir joué le jeu de la complicité confiante ? Sur les visages de ceux qui manifestement l'accompagnent, elle n'a lu que les signes ordinaires de la suffisance. Rien de changé dans le cours des choses, une femme ne peut faire dévier d'un seul détail la ligne qu'un homme s'est tracée, dût-elle, cette ligne, à cause de ce détail même — la justesse tient toujours à un détail —, s'écarter de la complète signification. Tout ce qui a pu sembler faire exception est une illusion de plus. Colère brève, vite regrettée, jugée mesquine aussitôt. Aujourd'hui n'importe quelles forces peuvent s'unir et tout est bon pour une bonne stratégie, c'est le poids des paroles ce soir qui comptera.

Mais une déchirure vient... Un coup porté à l'autel des certitudes et qui s'ajoute à d'autres coups déjà donnés, qui les réveille et les redouble.

Au plus chaud de l'après-midi la foule, sans hâte, commence à affluer dans l'enceinte d'un cirque rocheux. Des haut-parleurs diffusent des chansons politiques et la présence des enfants évoque une kermesse. Une estrade est dressée au fond.

Elle regarde les gens, leurs yeux, leurs gestes. La petite fille se promène et Sarah parle avec quelqu'un, un bras posé sur l'étui de sa guitare, près de l'estrade. Le bleu du ciel intense accentue la blancheur des rochers. Des bribes de conversation lui parviennent, sans relation aucune avec l'événement. Elle se sent dans un moment d'extrême division, projetée en deux endroits différents d'elle-même et dissociée au point que tout, rigoureusement tout, lui demeure étranger. Jusqu'à la raison d'être ici. Du temps passe.

Peu à peu le lieu s'est empli. On dit qu'un corso fleuri dans une ville voisine en a détourné beaucoup mais cela n'a pas de sens puisqu'une manifestation n'est pas un loisir. L'estrade aussi est maintenant occupée. Des personnalités politiques parisiennes sont venues rejoindre celles du Vaucluse et des départements environnants. Elle reconnaît des visages. Elle secoue son incompréhensible fatigue pour rassembler son attention ; l'enfant, sentant le commencement proche et avertie par l'arrêt des haut-parleurs, est revenue auprès d'elle. Son ami assis sur l'estrade, non loin de Sarah, parle en se retournant. Tout à l'heure il est venu lui demander de la réglisse pour sa gorge, elle lui en a donné.

Maintenant des hommes disent très haut leur colère. Cependant si l'on accorde une grande attention à leurs paroles il apparaît que sous les chiffres et les statistiques fastidieux se cache le choix dans lequel les hommes retombent toujours inévitablement comme un chariot mal conduit dans une ornière : le profit à court terme.

Les hommes, pas les femmes. C'est peut-être ce qui fait que l'essentiel aujourd'hui encore ne sera pas dit. Celui qui met le feu à sa propre maison, s'il veut ensuite l'éteindre, il n'éveille pas la compassion d'autrui. Elle voit que ces hommes indignés qui manifestent leur mécontentement sont de la même nature que ceux qui font construire les silos. S'ils détenaient le pouvoir à leur tour, elle n'est pas absolument sûre qu'ils agiraient autrement car leurs arguments se situent au même niveau que ceux des militaires, ils n'inventent pas une autre prise sur la réalité.

Un grand accablement la gagne.

À son tour C. est debout, il parle. Le début s'est perdu mais elle entre instantanément dans son angoisse porteuse de colère. Beaucoup de gens sont ici pour le regarder, lui qu'on ne voit pas souvent, on chuchote son nom autour d'elle. Il est caution, garantie, preuve, label de marque. Cette image vaut pour aujourd'hui. À défaut d'être vraie (et quel bonheur !), qu'elle serve ! ! Elle articule sans bouger les lèvres et sans cogner sa langue aux dents les mots sonores, courroucés auxquels l'accent d'ici communique une espèce de désespoir de berger devant son troupeau mort. Ses mains, ses bras bougent peu. Et puis il oublie. Un livre l'escorte, le dernier, et c'est dans cet espace qu'il parle comme si toute la foule, volatilisée, avait disparu. Librement, dans la proximité de la mort.

Certains diront ensuite : Avez-vous entendu comme il criait ?

Quelques secondes ont été nécessaires pour que cesse le silence, pour qu'éclatent les applaudissements. L'image d'Épinal du fils du pays pulvérisée a fait place à l'irruption, là, du pouvoir de la parole d'un poète quand elle est donnée nue, sans concession, sans que soit atténuée son incandescence.

Elle se demande si, rentrés chez eux, les femmes et les hommes oublieront.

Mais voilà qu'au moment même où Sarah se lève il quitte son siège et donne le signal de la dispersion. Sarah, bravement, dans la débandade et dans l'imminence de la reprise du bruit des haut-parleurs, chante. Il s'en va, il a quitté l'estrade sans attendre la fin. Du bruit. Parole de femme, parole laminée.

Au passage, dans la descente du chemin, il lui fait un signe de la main, un signe d'au revoir. Les amis du matin l'entourent, T. est parmi eux, venue elle aussi. Il s'en va, son bras passé autour de ses épaules. A. est absente.

Elle remarque alors qu'un tract qui a demandé beaucoup d'argent n'a pas été distribué. Elle s'informe et apprend que c'est sur un caprice soudain de son ami, juste avant la manifestation. Au dos de ce tract, à côté de l'annonce de la parution de son dernier livre, figurait le titre du dernier disque de Sarah. Les éditeurs finançaient en partie ce tract. Son attitude grossière envers Sarah, juste quand elle allait chanter, éclaire ce fait d'une lumière fuligineuse.

Seconde, grave déchirure. Elle rejoint Sarah. Elles se regardent. Elles comprennent à nouveau tout, au même moment.

Demain les journaux rendront compte de cette journée puis tout retombera dans l'oubli. Ce qui sera durable, mais sur un tout autre plan, c'est un prix littéraire important qu'on vient tout juste de lui décerner pour l'ensemble de son œuvre.

Plusieurs jours, de nombreux jours s'écoulent avant qu'elle retourne au Viala. D'ailleurs elle est à la veille d'un départ pour Majorque où elle demeurera deux mois avec Sarah, avec les enfants. Ils sont ce soir peu lisibles l'un pour l'autre. Un soleil incandescent inonde le jardin. Elle croit se souvenir ensuite qu'ils ont surtout parlé des plantations, des rosiers grimpants dont la floraison est excessive, incontinente. Car ils peuvent aussi ne parler de rien, rôder autour d'un obstacle entre eux.

Elles marchent dans les ruelles du Barrio de Barcelone. C'est par avion que les rejoindront les enfants, une dizaine de jours plus tard, après des vacances en Allemagne. Ce voyage qui les éloigne de leur centre de gravité, elle le ressent comme une sorte de grâce. Une grande journée dans une ville inconnue où elles se sont éveillées au milieu d'odeurs et de bruits différents peut créer dans le tissu des jours la rupture qui ne demande qu'à être. Il semble que pour Sarah ce voyage ait une signification jumelle, mais le sentiment en est encore trop fragile pour supporter le partage.

Elle a vécu ces dernières semaines dans l'inattention. De cela elle est sûre. C'est un état si différent de l'ordinaire qu'elle ne saurait le confondre. Mais il correspond à ce qu'on fait parfois dans les travaux des champs lorsqu'on décide de laisser une terre en jachère. Peu sollicitée, abandonnée à elle-même, la terre se régénère rapidement. Spontanément, par un bel instinct de défense, elle vient de traverser un temps dont elle ne peut encore mesurer l'importance et qui est peut-être celui de la désaffection. Ce qu'elle sait seulement, c'est qu'aujourd'hui elle marche dans des ruelles ombreuses avec, dans sa main, la main de Sarah et que cette main rend la ville proche, qu'elle la met de plain-pied avec cette sorte de sensation globale et délicieusement primaire qu'elle en a. Quand elle reverra Barcelone, sûrement cette image d'aujourd'hui surgira intacte et se superposera aux détails qui ne feront que compléter la connaissance diffuse qu'elle en aura déjà.

Quelque part dans un jardin, un homme respire, regarde ou accueille des gens venus pour le voir. Cet homme dans le petit matin a peut-être écrit un poème. Son humeur est telle qu'il se sent en plein accord avec le jour ou accablé d'une angoisse insoutenable. Il se peut qu'il rie, il se peut qu'il soit sombre. Cet homme est en elle en dessous des mots et des silences, en dessous du regard qu'elle pose sur la nef vide d'une église très haute aux fenêtres sans vitraux, sur son abside béante restée telle depuis la guerre. Et en même temps il tombe hors d'elle à une vitesse vertigineuse, non à cause de la distance géographique qui n'est rien mais à cause de la distance de lui à lui, sorte d'abîme entre ses deux « je ». Il est donc en elle et hors d'elle pendant qu'elle regarde Barcelone et le passage est facile, facile...

Elle écoute Sarah qui parle.

Le bateau ne lèvera l'ancre qu'à dix heures du soir. Une merveilleuse solitude les cerne. Au plus fort de la chaleur elles se réfugient dans le petit musée Picasso, puis dans ce jardin où vivent tant d'oiseaux dont on a mutilé les ailes. L'odeur de la mer revient avec la fraîcheur, elle s'incorpore à celle des fritures, des épices, aux parfums des boutiques apparemment pauvres dont les maîtres règnent sur une chaise paillée à côté de sacs débonnaires.

Elle regarde Sarah. Elle pense qu'elle n'en finira jamais de la regarder et que ce qu'elle guette en elle ce sont les moments brefs où Sarah semble uniquement prise par ce qu'elle est juste en train de traverser. Les préoccupations ne lui conviennent pas, elles la durcissent inutilement, produisent une immédiate inflation de ses mots, la font en quelque sorte tourner à vide. Sarah pourrait vivre sans mémoire parce que la mémoire — hormis celle de l'amour — ne lui sert à rien, parce qu'elle n'en a pas l'usage. Elle pense que ce manque, loin d'être interprété en termes de privation, contribue à la fascination, il fait de Sarah cette femme qui ne ressemble à personne, qui ne détient son pouvoir que d'elle-même à mesure. Cette femme dont elle ne parvient pas tout à fait à croire qu'elle a vraiment été reliée un jour à quelqu'un par un cordon ombilical et qui existe là, sous ses yeux, comme « arrivée » dans le monde. Une femme presque sans enfance et sans lien avec le passé, et qui commence à leur rencontre. Elle pense à la nuit qui fut et à celle qui va venir. En troupeaux, des marins rieurs, fouineurs, les doublent, les croisent, parfois les bousculent au passage. Elles parlent peu parce qu'elles écoutent la ville et à travers elle la rumeur de leurs autres voyages, rumeur qui revient. La reconnaissant, elles savent encore mieux pourquoi elles peuvent être aussi parfaitement sédentaires et aimer les voyages avec autant de passion. Habiter un lieu jusqu'à l'épuiser presque et parfois partir en marge d'autres lieux, c'est éprouver doublement qu'elles sont l'une à l'autre le lieu. C'est probablement ce qui les dispense de parler, ce qui les comble, tandis qu'elles regardent les gens émerger de la chaleur et s'enhardir dans le soir avec des paroles aiguës. Douceur, redoutable douceur qui à la fois les sépare des autres et les confond.

Puisque tout à l'heure, à la nuit, elles traverseront la mer pour être à Palma à l'aurore, elles ne se pressent pas de rejoindre le port. La ville, autour d'elles, comme une forteresse. Elles n'ont aucune pensée pour la maison de là-bas, recueillie et bien ordonnée sous le crépuscule tandis que les belles-de-nuit s'ouvrent.

Rien d'autre que l'amour ne peut apprendre l'amour, pense-t-elle.

Déjà le bateau a pris la pleine mer. Depuis longtemps on ne voit plus les lumières de Barcelone. Laissant les passagers s'installer puis chercher le bar ou la salle de télévision, laissant les bruits s'éteindre, les conversations s'espacer, elles sont restées appuyées au balancement, à l'odeur d'eau, aux craquements, grincements divers de la coque. Elles attendent pour rejoindre la cabine cette coulée de froid humide entre les omoplates qui fera trouver délicieuse la chaleur confinée de l'intérieur. « Sarah... — Oui. — Ne crois-tu pas que l'on ne devrait garder dans sa vie que ce qui a suffisamment de force pour se renouveler ? — Jeter tout le reste ? — Oui. Cela qu'on apprend peu à peu en écrivant, on devrait faire que la vie ne s'en écarte pas. — Nous le faisons, nous ? — Peut-être, mais ce n'est sûrement qu'un commencement. — Et comment repère-t-on la différence, selon toi ? — Je ne crois pas que l'on sache jamais, on est plutôt comme... comme appelé, non ? et si l'on discerne l'appel, d'où il vient, alors on peut consentir si on en a le désir. — Tu parles bien du pur désir ? où n'entre aucune volonté ? — Oui, de ce désir-là, d'ailleurs il n'en existe pas un autre, mais la volonté entre aussi dans le consentement. — Tu crois vraiment qu'on peut ne pas consentir au désir ? — Oui, ce n'est pas le désir seul qui entraîne, il lui faut un allié, justement cet appel très obscur, très profond. C'est plutôt lui qu'on refuse, il me semble, si l'on en a peur. »

Elles sont aussi appuyées l'une à l'autre et dans la lumière faible du pont elle peut passer son bras autour des épaules de Sarah. Toucher Sarah, c'est le geste simple, primordial. Personne ne peut disposer de ce geste ni pénétrer dans ce qu'il signifie entre elles. Neutre, banal, totalement hermétique.

Et Sarah dit : « Puis-je te le demander maintenant ? Ce n'est peut-être pas le lieu mais... est-ce que tu as eu besoin de volonté ? » Elle écoute la question de Sarah, son trébuchement, son hésitation. Elle sait le chemin de cette question-là dans Sarah, son parcours en vrille. Un long silence.

« Oui... mais sans effort à cause de l'évidence de cet appel. Même quand je n'y voyais plus rien je continuais à m'étonner : comment les femmes et les hommes, presque tous, peuvent-ils se contenter de l'approximation amoureuse, de si peu ? Même lui au fond. Je savais qu'en te préférant je choisissais justement ce qui peut se renouveler, l'extraordinaire connaissance que nous avons l'une de l'autre. — C'est peut-être toi qui renouvelles... avec toi il se sentait autre, comme si tu l'avais lavé de tout. — Il le disait et je le croyais. Il a le don de mentir sincèrement. Oh ! non, ce n'est pas moi qui renouvelle, mon amour, ni toi, c'est une force en dehors de nous, peut-être née de nous mais sûrement meilleure. Ce qui était difficile, c'est que tu ne voulais plus te laisser préférer. Un grand creux entre nous, une chose tout à fait nouvelle... non ? »

La réponse de Sarah, ce sont ses yeux plus brillants tout à coup, ce léger mouvement du corps qui la rapproche encore davantage et ce silence... l'autre sens de ce silence. Comme si une force les tirait de ce bateau pour les projeter seules dans la nuit claire (on doit voir la pleine lune de l'autre côté sur la mer), seules avec la présence de l'eau. Tout le reste n'étant plus que fumée.

Plus tard, dans la cabine où dorment deux inconnus, délaissant l'une des deux couchettes, elles regardent la lune se lever sur la mer. Le hublot inonde le drap d'un bleu propice à tous les glissements. L'axe du passage de la lumière sur l'eau s'élargit à mesure que monte la lune parfaitement ronde. Nuit de pleine lune où elles s'aiment dans un silence décuplant le plaisir, nuit d'où se retire le sommeil. Derrière les rideaux tirés sur la respiration des autres, avec, en elles, toute la science infuse et répétée des nourritures, des aromates, celle des enfants qu'on met au monde, qu'on allaite et qu'on accompagne, avec l'indécence des yeux et la brûlure des mots non prononcés mais encore plus violemment présents, elles font l'amour, l'amour en ses écluses, ses fulgurances, ses patiences, sans perdre de vue tout à fait la mer, le sillage de la lune, sans faillir à la retenue du silence. Jusqu'au matin.

La deuxième couchette ne sera pas occupée puisque dans la fraîcheur encore grise elles vont à l'avant du bateau, sur l'espace triangulaire où sont roulées les cordes et qu'elles y demeurent par un signe bienveillant de l'équipe de bord. C'est à l'approche de Palma qu'elles secouent le froid de leurs épaules et que, s'arrachant à la contemplation passive de l'étrave et de la division de l'eau, elles font le tour des ponts, franchissent les étages, regardent toute une population qui s'éveille. D'une terrasse étroite, interdite d'accès, tout en haut, si l'on se penche vers le milieu du navire, on peut voir par une fente, en profondeur, la salle des machines dans laquelle des hommes dont le visage n'apparaît pas travaillent à demi nus. C'est avec eux qui n'ont pas dormi non plus qu'elles aimeraient partager un café brûlant avant de débarquer. On s'approche de la ville serrée, dominée par sa cathédrale, des quais encore déserts. Elle laisse Sarah un moment pour aller chercher leurs bagages dans la cabine. Elle voit alors qui dormait auprès d'elles. Par le hublot la mer, d'un bleu décoloré, sans aucune ombre. On dit que le soleil est déjà haut. Son sexe l'envahit, c'est comme s'il lui tenait lieu de corps, toutes ses sensations présentes étant rassemblées par lui, tenues et transfigurées. Un mot pourrait se dire à travers elle, un seul, sans que sa bouche intervienne, un mot imprononçable par la bouche, ingouvernable par la tête, inventé dans une grammaire non écrite et il se dit, en ce moment, ce mot purement corporel puisqu'elle se tient là, à genoux devant le hublot, sur les draps froissés de la couchette, défaillant presque sous le vent de ce dire.

Recul de la chaleur. Dans la fin de l'été du Vaucluse il arrive que leur pensée revienne à ce temps de Majorque. Deux mois dans un village de l'intérieur rendu presque rigide par le soleil. Le chemin du puits à midi entre les haies de figuiers de Barbarie, le devant de la maison sans une ombre, sec, impitoyable. Hormis les heures passées dans l'eau tiède de la mer, les journées apparaissaient aux enfants fous de chaleur comme une épreuve à traverser jusqu'au semblant de fraîcheur du soir où l'on dînait dehors près des cactus à l'extrémité du jardin. À la nuit on pouvait voir passer dans l'échancrure de rocher, très loin en contrebas, un, parfois deux bateaux qui gagnaient les côtes d'Espagne. Chaque matin elle écrivait très tôt, dehors. Ce qu'elle vivait avec Sarah depuis la nuit de la traversée était difficilement ajustable à la présence des enfants. Et c'est peut-être cela qui les rendait un peu fous, plus encore que la chaleur.

Revenues, elles sont encore sous le coup de cette expérience excessive. La modération du pays, la douceur linéaire des murettes de pierre, le gris dominant sous le vert se chargent alors d'elles doucement à la manière du ponçage par le sable. Elle attend un long moment avant de retourner le voir.

Portail, allée de graviers, passage sous le platane, coups à la porte de bois. Comme dans un rêve qui reviendrait anormalement souvent. Que la voix qui dit « entrez » soit la sienne, cela lui apparaît comme irréel, en dehors de la circonstance présente. Pourtant tout se déroule simplement. Ils sont assis l'un près de l'autre, ils parlent. Peu à peu son regard émerge du froncement des sourcils, peu à peu le temps mort s'écaille autour du temps vivant. Maintenant ils ne savent plus qu'ils parlent. Il y a aussi l'odeur.

Tout dans la vie de cet homme lui est étranger (on pourrait dire inconnu), tout, sauf ce qu'il est et qui seulement l'occupe. Auprès de lui d'autres viennent dans un luxe de raisons utiles mais elle, n'en attend rien sinon qu'il vive. C'est ainsi que maintenant son attente est infinie, qu'elle a cessé d'être tributaire des détails. Insidieusement un changement de plan s'est opéré. Lui n'en sait rien, ce qui évite le basculement dans une autre sorte de lien qui ne serait pas plus clair. Après s'être approchés l'un de l'autre dans un élan irréductible, une force d'inertie va survenir qui écartera nécessairement leurs trajectoires respectives non par un effet de leur volonté mais par une loi de gravitation. Bien que leur rencontre d'aujourd'hui soit « bonne », cette certitude qu'elle a, tout à coup, fait un nœud dans sa gorge, glace un court instant le sang. Non, ce n'est pas possible, dit la voix de défense du dedans, c'est inconcevable. Hélas ! dit la voix du dehors. Elle remarque qu'il est inquiet, tendu. Le courrier s'accumule sur sa table. Et puis l'impression d'étroitesse persistant, elle voit que la pièce a changé, que des meubles nouveaux l'encombrent. Ce qui était disponible dans le volume entre les murs et qui créait une possible circulation de la lumière au niveau du sol, maintenant cela n'existe plus. Comme elle s'en étonne, il lui explique que ces meubles viennent de sa sœur, après sa mort. « Quel profond changement ! dit-elle, tu ne peux savoir à quel point il est profond... C'est étrange, qu'est-ce que deux ou trois meubles ? »

Elle le reconnaît à ceci qu'il n'est pas déconcerté par sa remarque. C'est même à partir de cette seconde qu'ils se sentent légers et qu'entre eux revient la chaleur.

Pluie sur Nessuma. C'est ainsi que la poussière d'été rejoint la terre. Pluie sur Nessuma. Les oiseaux s'y cherchent des passages.

Elles s'enferment dans le travail. Elles vivent à la limite de leurs forces. Le choix de la vie en village qui devrait leur donner la sensation d'un temps accru ne les empêche pas de trouver les journées trop courtes. Les nuits sont entamées de plus en plus souvent. Parfois une sourde inquiétude s'infiltre en elle. Sans le dire à Sarah, attendant encore pour le lui dire, elle pense qu'une certaine perte de substance les menace. Cette expérience de la terre, du feu, cette grande fatigue corporelle qui possède une force d'envahissement considérable fait tache d'huile sur tout ce qui reste à vivre. Parce que c'est un domaine nouveau où tout est à comprendre, à explorer. Du temps doit y être englouti et le moment n'est pas encore venu de le mesurer.

Mais lorsqu'elle parle avec lui, lorsqu'ils regardent ensemble la peinture ou bien l'automne s'établir sur le jardin, elle ne possède plus ce merveilleux sentiment de liberté. Pendant ce temps Sarah travaille durement, s'obstinant contre sa fragilité. Elle reste des heures sur le tour, tamise des cendres de bois, porte des seaux de terre trop lourds. Aussi ne s'attarde-t-elle plus guère au Viala, revenant battre et peser la terre. Parfois elle parle de ce travail avec lui mais, malgré l'attention qu'il accorde à ses paroles, elle voit bien qu'il ne peut exactement entrer dans ce qui est en quelque sorte pour elles une nouvelle vie. Ce travail, cette solitude à la fois exaltante et ingrate dans laquelle elles se perdent, ne seront perçus que de l'extérieur.

C'est aussi le temps où durant des nuits entières elles demeurent à proximité du four, surveillant la progression du feu, souhaitant le printemps, l'été surtout pour que l'aube soit plus facile. Ces nuits-là, après le long rangement et nettoyage de tout ce qui fut nécessaire pour l'émaillage, viennent les poèmes. Elles les lisent à voix haute pour elles seules, pour Nessuma désert. Parfois Sarah chante. Maintenant qu'elle ne chante plus pour un public, tout le sauvage en elle sort dans sa voix, d'abord sourdement puis dans sa liberté entière. Elle l'écoute sans bouger. Elle oublie la guitare malgré son bois très précieux qui contraste avec la pauvreté immémoriale des outils de poterie, elle oublie même Sarah pour n'être qu'avec sa voix et reconstruire, à partir d'elle, l'origine de la fascination. Ce qu'elle ne pourra jamais vraiment, complètement écrire, ce qui l'absorbe et la retire.

Au matin, juste quand il commence à faire jour, le degré de cuisson et de fusion étant atteint, elles abandonnent le four encore plein de feu. Durant vingt-quatre heures il refroidira d'abord rapidement puis très lentement avec des craquements de son grand corps de brique et de fer. Le thé dans la maison où dort encore la petite fille, où dorment les enfants, le thé dans la maison où elles reviennent et le temps, vide soudain de tâche urgente, c'est le goût de leur vie qu'elles reconnaissent, leur civilisation à elles où personne n'a part. Quoi qu'elles entreprennent, il vient toujours, ce moment de vacillement et de joie extrême, il se tient toujours à proximité et d'un commun accord elles n'envient pas d'autre repos ni d'autre récompense. Il appartient à l'amour.

Alors, dans la trêve qui suit, elle retourne au silence de l'écriture. Cela ressemble à l'alternance des saisons ou à la précipitation des équinoxes et des solstices dans un temps qui se déroulerait autrement.

Par une fin d'après-midi humide et froide, elle s'arrête au Viala. Elle se sent lasse. Il est seul et à sa venue interrompt sa lecture. Dehors toute lumière a disparu, absorbée par quelque chose qui n'est ni de la brume ni du brouillard mais peut-être tout simplement la fin du jour qui fut morose. Elle a froid dans ses vêtements trop légers et dès qu'il s'aperçoit que ses pieds sont nus dans des sandales il se précipite à ses genoux et réchauffe ses pieds entre ses mains avant de les entourer d'un chandail oublié là. C'est un jour sans lumière et sans chaleur et pourtant elle lui sourit. Ils ne se parlent pas encore et il pose sa tête sur ses genoux. Alors elle caresse ses cheveux, ses épaules douloureuses. Elle lui demande s'il va bien, il dit qu'il ne le sait pas, et elle ? Elle dit qu'elle se sent fatiguée. Ce moment, six heures à peu près, est un moment de vulnérabilité. Pour elle depuis longtemps c'est ainsi, il ne doit pas s'en inquiéter. « Veux-tu du thé ? — Non, ne bouge pas. En Lorraine, ce temps d'aujourd'hui, des semaines entières passaient sans qu'on ait l'impression d'en sortir. Vers vingt-trois, vingt-quatre ans, je vivais dans une fatigue constante. Mes enfants sont nés dans cette fatigue à laquelle j'avais fini par m'habituer, dont je ne tenais aucun compte. Maintenant, je ne la sens plus que quelquefois entre le jour et la nuit. À aucun autre moment. — Tu ne m'as jamais parlé de cette fatigue. — Non. »

Il cherche à présent dans le léger désordre de sa table et lui tend une sorte d'album. « Regarde. Je vais nous servir deux verres de vin d'orange. »

Il disparaît. On entend des bruits ménagers derrière le rideau. Dans cet album, en face de chacun des poèmes manuscrits de son dernier livre, on a collé une photographie qui accompagne allusivement le texte. Un détail du poème ou sa signification globale la justifie. Elle tourne lentement les pages reliées par un cordonnet. Parmi ces poèmes qu'elle aime avec une espèce de violence comme s'ils faisaient partie d'elle, un lui est particulièrement cher. Elle se demande quelle photographie lui fera face. Il revient, dispose les verres, allume la lampe. Voici l'avant-dernier poème. La photographie est celle de la main d'une femme, de son avant-bras devant un mur clair. Probablement la main de A. D'une voix enjouée il explique ce qu'est le vin d'orange, il assure aussi que cela va lui faire grand bien. Elle le regarde. Tout ce qui est candeur en elle se cabre. Comment a-t-il pu substituer à la main du poème celle de la photographie, malgré le parti pris d'exactitude ? Il remplit les verres. Il voit l'album ouvert et ne dit rien. Ils boivent. Vin fort ayant apprivoisé l'acide et l'amer et leurs saveurs mêlées ne se déferont plus d'ensemble. Ce qui est irréversible dans le vin, cela même, peut donc se renverser dans l'homme ? Cette amitié, ce sentiment qui lie les hommes entre eux et dans lequel elle est entrée, toujours entrée par la même porte qu'eux comme s'il était un lieu public, c'était donc un jeu pour lui d'y croire et de le reconnaître ? Lequel d'entre eux deux rêve ou dort d'un sommeil compact qui ressemble à l'oubli ? Boivent-ils en ce moment dans une maison à l'écart un vin où macérèrent des oranges ?

Ils parlent tranquillement. Encore un quart d'heure et elle rejoindra la nuit sur Nessuma. Je ne prétendais pas à ton amour, pense-t-elle, mais à ton amitié, oui. C'était trop te demander. Tu ne peux pas, cela t'apparaît sans doute comme une hémorragie de ta substance sans compensation de ma part... Un poème rageur l'envahit et c'est pour l'écrire, pour s'en délivrer qu'elle part. C'est un au revoir naturel, presque familier. Ils marchent dans l'allée de graviers.

Sur la route. La nuit. La gorge serrée. Cette main, la sienne, innocente aussi, c'est-à-dire qui ne peut jamais nuire, qui fait du bien. Et qu'à la mort tu t'en souviennes. Qu'à la brève mort tu t'en souviennes.

Tandis que Sarah veille auprès du feu, elle écrit *Main de rechange*. Un silence profond emplit la maison. Un peu de vent traîne au sommet des arbres. Cette colère qu'ils ont en commun, en laquelle souvent ils se sont reconnus, elle se lève en elle d'un mouvement sûr.

L'hiver se fait sensible et proche. Elle traverse le Luxembourg, ses poèmes serrés contre elle. Appauvrie d'un refus, elle marche vers un autre espoir. Obstinée, raboteuse est sa parole. Un jour quelqu'un l'entendra. Appauvrie ? non. Elle marche dans le jardin qui se raidit, rien ne la distrait de son attention au déroulement en elle de l'allée transverse. Elle infléchit son parcours vers la gauche pour rejoindre la rue Médicis.

Il ne manque que très peu de jours à l'année pour qu'elle soit pleine et que l'on passe à une autre. Elle vit attentivement. C'est une occupation réelle et qui entraîne toutes sortes de modifications très profondes à l'intérieur de soi. Elle pense parfois que la mort devrait survenir quand cette alchimie n'a plus lieu. Ainsi serait supprimé l'effroyable spectacle de vies qui tournent dans le vide, ainsi l'on n'entendrait plus le discours sur la nourriture que de vieilles bouches se mettent à proférer sans arrêt, surtout durant les repas et aussitôt après, pour prévoir et organiser le temps autour de la mastication et de la déglutition comme si le corps était devenu une monstrueuse machine à manger et la tête un ordinateur fou.

Oui, c'est la fin de la vraie vie qui devrait susciter la mort. Alors on admirerait les vieillards car ils seraient encore vivants. Les rares vieillards qui resteraient posséderaient cette acuité de l'intelligence qui s'accorde avec la peau presque transparente, avec les yeux étoilés de rides. Parfois elle pense à la vieillesse aussi, à la sienne, à celle de Sarah, et lui, puisqu'elle a tant désiré qu'il vive, il faudra donc un jour le regarder vieillir. Mais là, tout se fige. Cela n'aura pas lieu. Brusquement cela se charge d'une éventualité si douteuse que quelque chose en elle est comme prévenu : ou bien elle sera morte, ou bien il ne deviendra jamais vieux, ou bien ils ne se verront plus. Pour ne pas toucher au mécanisme secret de la vie et de la mort mieux vaut penser qu'ils ne se verront plus.

C'est comme une vitre cassée par une pierre. Et l'air qui se met à circuler librement fait que le dedans et le dehors se mélangent et que les repères deviennent nuls. C'est étrange, vous l'avez sans doute remarqué, certains coups ne font aucun mal au moment même où on les reçoit. On dirait qu'ils sécrètent une anesthésie qui masque leur gravité. Elle se trouve donc soudain placée devant ce fait totalement futur, virtuel, et pourtant épuisé, vécu d'avance : ils ne se verront plus. Assommée, elle ne souffre pas.

(Plus tard elle se dira que c'est parce qu'elle avait cessé d'y croire que... mais l'argument ne tenait pas, il ne lui semblait pas plausible qu'elle possédât une telle puissance.)

Elle parle avec Sarah de cette évidence qui lui est soudain venue alors qu'elle pensait à la vieillesse et tentait d'imaginer ce qu'ils pourraient bien devenir tous les trois s'ils vivaient assez longtemps. Et Sarah dit qu'un tel sentiment ne peut qu'être prémonitoire, surtout s'il est soutenu par une impression d'insécurité présente. Or, c'est bien cela.

Par exemple, elle est passée plusieurs fois au Viala en son absence. Elle a griffonné un mot qu'elle a laissé sur le seuil, le lestant d'une pierre à cause du vent. Il y a un an à peine cette simple démarche aurait aussitôt suscité de sa part un appel à revenir. Maintenant, non, et lorsqu'ils se voient il ne mentionne plus ses passages. Leurs rencontres sont douces, tendres, feutrées. Des gens y assistent souvent et le cercle de la conversation s'étend. On parle beaucoup moins de la poésie et beaucoup plus du pays, le feu craque dans la cheminée, ils se regardent peu. Sur la route, après, elle se dit que cette mutation est le signe d'un apaisement, d'un autre mode d'être entre eux, mais elle ne peut s'empêcher de le trouver franchement insipide. Elle sait aussi qu'elle ne s'en contentera pas, que c'est sans doute incohérent mais que c'est ainsi.

De temps en temps A. revient. Elle se tient comme un chat méfiant à l'extrémité du canapé.

Quelles que soient les paroles qu'elle prononce elle parvient à ne rien dire, c'est un spectacle très étonnant. Quant à lui, en sa présence, il fuit, non pas en se dérobant, mais en cessant d'avoir un comportement libre. Cette maison qui était un lieu chaud, plein d'ombres et de senteurs, où l'on tournait des pages sur des poèmes et sur des peintures, où l'on buvait n'importe quoi ou pas du tout et les deux variantes étaient la même fête, cette maison devient alors un lieu abstrait.

Il se plaint de l'hiver parfois mais elle lui fait remarquer qu'il va vers sa fin, qu'on a changé d'année très vite, presque furtivement. Elles lui ont offert un grès de la cuisson du trente et un décembre et voilà que février se termine. Amandiers et saxifrages sont en fleurs. « Ce vent », dit-il. Elle lui sourit, oui, ce vent. Elle voit sur son visage les traces de la fatigue et des remèdes dans un coin de la pièce. Trop de remèdes.

« Tu travailles, tu écris ? — Oui », dit-elle.

Et soudain, cette main sur la sienne.

Qu'est-ce qui fait qu'un homme se perd dans l'amour d'une femme ? Qu'il s'en habille comme d'un vêtement trop étroit ? Et elle, la femme, qu'elle n'est plus dans cet amour, ni nue, ni habillée ?

A. par exemple…

Ce qu'elle aime aussi, c'est que les questions demeurent sans réponse. Ainsi, on cesse de s'habituer aux fausses réponses, à celles qui sont claires, cohérentes, logiques et qui, fatalement, trompent l'esprit qui s'en satisfait. Elle voit bien maintenant que ce qu'elle espérait de lui, c'était qu'ils s'établiraient dans l'ouvert pour y vivre un état aventureux qui n'aurait pas eu de nom, lande entre amitié et amour. Cela n'aura pas lieu.

Et aujourd'hui, ce geste perdu dans une fatigue, cette main qu'elle regarde, surgie d'une demande qui la bouleverse et à laquelle pourtant elle ne répondra pas parce que sa vie est totalement absorbée dans une expérience consumante.

« Je ne viendrai plus très souvent », lui dit-elle un matin en le quittant. Ils marchent dans l'allée de graviers, vers la voiture. Il passe son bras autour de ses épaules et ne répond rien. Au cognassier du Japon qui fleurit il cueille une branche et la lui offre. Revenant vers le village elle regarde la falaise, ce paysage qui leur est commun, lieu naturel mais surtout espace mental, elle la regarde avec une attention multipliée. Et si tu étais aussi pour moi un espace mental ? pense-t-elle, si ton visage n'avait été que l'occasion d'une rencontre avec autre chose que toi ? Mais la tristesse ne baisse pas, tout au plus s'accompagne-t-elle du sentiment d'un privilège que pulvérise aussitôt l'image de son ami vivant. Cercle dans lequel elle tourne. Décider de le voir moins souvent ne l'en fera sûrement pas sortir.

Une équipe de télévision hollandaise vient pour Sarah. Durant quatre jours elles laissent d'autres échos les envahir. La compagnie des Hollandais, la façon qu'ils ont d'occuper les lieux révèlent la liberté de pensée, la simplicité qui sont à Amsterdam la pratique courante. La grande maison, ses pierres, ses voûtes, les enchante. Sur la garrigue le soleil de mars leur suffit, ils se délectent de la douceur de l'air et, pour les apprivoiser, les tulipes, les jacinthes du jardin. Sarah chante, elle la regarde et l'écoute. On parle aussi de la terre et du grès, ils photographient des poteries, filment Sarah en train de tourner, guitare posée dans un coin de l'atelier. Ainsi leur vie quotidienne devient un conte où fourmillent les symboles, une sorte d'ode à la couleur locale, propre à éveiller la nostalgie des gens du Nord. Ainsi peut-elle mesurer la distance entre les images que l'on distribue et la réalité dont ces images ne disent qu'une infime partie. Ce qu'elles possèdent ici, ensemble, résiste à toute espèce d'inventaire, à toute tentative de description, exactement à la manière dont est masquée la réalité de l'écriture. Que dire en effet du lieu de l'écriture ? silencieux, banal, où rien ne se voit sinon des signes ordinaires ?

Pour terminer l'émission elles devront se rendre à Hilversum. Elles disent au revoir aux Hollandais, on boit du champagne sous le tilleul. Après tant de discussions amicales, son ami lui manque durement. Sa pensée erre dans le jardin du Viala, franchit le seuil de sa maison, imagine tout ce qu'elle aurait à lui dire. Car c'est maintenant comme si chacune de leurs conversations était demeurée en suspens et elle se demande s'il n'en sera pas toujours ainsi, si elle ne transportera pas toujours avec elle ce curieux sentiment d'inachèvement qui sournoisement la sépare de tous, sauf de Sarah. Et plus encore lui manquent les silences avec lui, cette façon qu'ils avaient de se taire soudain, de se regarder et de rire. L'extraordinaire complicité qu'ils avaient et qu'ils n'ont plus.

Un ressort qui casse. Tristesse qui colle à la peau.

Et même à Amsterdam, même dans les petits ports désaffectés du Zuiderzee, durant tout ce voyage, elle n'a pu se défaire de la tristesse. Sarah parlait, retrouvait des amis du temps de ses récitals à l'étranger, Sarah était occupée des heures entières dans les studios d'Hilversum. C'était un temps entre pluie et soleil pâle, les jardinets débordaient de fleurs devant les maisons de brique. Il y avait eu aussi cette visite incroyable chez ce collectionneur d'art océanien qui ressemblait à Orson Welles et habitait à La Haye une maison étroite, particulièrement étroite, où se serraient des merveilles, mais tous ses efforts pour être présente ne servaient qu'à aiguiser la sensation de l'absence. Elle avait trouvé détestables les champs de tulipes cultivés comme des carrés de choux.

À Bruxelles, sur la Grand-Place (ce lieu baroque

qui leur était cher), elle avait à nouveau pensé : nous ne nous verrons plus. Et la bière n'avait plus aucun goût, et le feu de bois du café de la Grand-Place était faux. Pour la première fois elle voyait qu'il était faux, entretenu par du gaz qui le bleuissait.

Sarah la regardait. Le soleil se couchait sur de longues prairies violettes. Des Ardennes elles descendaient vers Reims, vers la Lorraine. Elle conduisait la voiture et Sarah caressait ses genoux. Elle ne désirait pas cet arrêt à Nancy où ses parents l'attendaient, se réjouissant de la revoir. Les trèfles des prairies lui rappelaient ce jour très ancien où Sarah et elle avaient oublié volontairement de descendre dans une certaine gare afin d'avoir une longue distance à parcourir à pied pour rejoindre leur internat, à travers des sentiers et des prés qui allongeaient indéfiniment le chemin. Que de stations dans l'herbe haute ! Elles étaient arrivées fort tard, les bruits de réfectoire semblaient venir d'un autre monde.

De ce jour-là, sûrement Sarah se souvenait. C'était l'approche de la brûlure et c'était aussi la brûlure tout entière, mais comment alors auraient-elles pu imaginer que le brasier ne s'alimente que du temps, du désir et de la mort ?

Dans deux jours elles retrouveraient Nessuma, leur maison où tout s'ordonne selon leur regard, où la facilité n'a pas de prise. Elle avait violemment besoin de ce retour pour que Sarah ne se dissolve pas dans cette espèce d'angoisse exténuante.

Il faut franchir ce passage, il est étroit, il est empoisonné. Et s'il ne procédait que d'une intuition trompeuse ? Non, dit la voix du dedans, il faut le franchir en sachant l'amitié perdue. Lui n'a pas eu l'amour qu'il désirait, pourquoi posséderais-tu l'amitié que tu désires ? Les cartes étaient truquées ? Non, c'est le jeu qui s'égare, qui glisse comme si une manœuvre extérieure subvertissait les mains des joueurs.

Elle s'éveille dans la chambre. Hier, elles sont rentrées à travers la Drôme. Le jour a dû s'éteindre vers Nyons. Arrivée de nuit à Nessuma et lecture d'une montagne de courrier. Au jardin, le chèvrefeuille s'exaltait de l'humidité nocturne et la murette de pierre était un belvédère au-dessus du creux où chantaient les rossignols. Écoute longue, troublée, de ce chant cerné de silence.

Elle s'éveille auprès de Sarah. La vie va reprendre dans la civilisation d'ici. Elle se lève. Elle pense très précisément à chacun de ses trois enfants qu'elle va retrouver dans quelques jours. Voici la chaîne, et la navette d'un mouvement allonge la trame. Voici les accidents du tissage qui s'enroule sur lui-même. Les genêts inondent l'air de leur senteur de miel, les cerises finissent de mûrir. Le soleil sort de la colline un peu plus à l'est. Elle ne reverra plus la vieille dame qui fendait son bois à quatre-vingt-quinze ans, elle vient de mourir. Ni sa grand-mère, Léonie-Cécile, morte elle aussi depuis presque deux mois. Et là, peut-on parler de souvenir ? Non, mais d'un sentiment immobile, dru et poignant, plus présent que la présence corporelle, sentiment qui la relie en se passant inexplicablement des mots.

Je revendique la lenteur, se dit-elle. J'appelle sur moi, autour de moi, le déroulement de la lenteur. C'est parce qu'elles ne se pressent jamais que les saisons viennent à bout de toute leur entreprise. Rien ne manque, rigoureusement rien, jamais. Ainsi l'amour.

Maintenant elle ne s'arrête au Viala que rarement. Le travail, une simplification accrue de leur vie font qu'elle ou Sarah limitent les allées et venues à L'Isle. Parfois, malgré tout, elle prend la voiture tout exprès et va le voir. S'il n'est pas là, elle ne laisse aucun signe, ainsi ne le saura-t-il jamais. S'il est là, il ne l'accueille plus avec ce sentiment de joie qui faisait de leurs rencontres une sorte d'allégresse dense, tissu interstitiel plus important peut-être que les mots eux-mêmes.

Pour la première fois elle sent sa jeunesse insolente. Dans l'absence de partage on voit les inégalités et elle se dit soudain qu'elle s'apercevra de son vieillissement à lui dans l'exacte mesure où ils ne pourront plus communiquer l'un avec l'autre. Cette constatation lui fait horreur. Déjà, certains jeunes poètes qu'elle connaît ne le tiennent-ils pas pour un témoin du passé, glorieux certes… ? « Ce n'est pas vrai, vous vous trompez, leur dit-elle, sa poésie échappe au temps. » Ils rient.

Seule, confrontée à la colline et surtout à ce qu'elle croit (n'était-elle pas déjà, petite fille, uniquement préoccupée du sens dans tout ce qui se présentait ?), elle reçoit confirmation de la profondeur de leur erreur. La supériorité qu'illusoirement ils pensent avoir sur lui est un des signes de l'aggravation du mal, et ce mal est l'accélération de la séparation d'avec le dehors qui touche au ciel. Rejeter sa poésie, la juger dépassée, c'est cautionner les forces de négation qui sournoisement sont à l'œuvre.

Ainsi, quelle ironie ! il s'écarte d'elle qui le comprend. Oui, il s'en écarte et sans aucune raison sinon celle qui toujours revient… si banale et si commune qu'on n'ose croire qu'elle puisse l'affecter. Il la fuit alors qu'en bonne logique c'est elle qui devrait le fuir. Or c'est seulement parce qu'elle sent qu'il se dérobe qu'elle a décidé de l'éviter le plus souvent possible. Non par stratégie mais par désintérêt des rencontres polies.

Que quelque chose te morde au cœur sous le ciel bas. Porte fermée contre le vent de mer. Fenêtre qui vibre en même temps que les débris de feuilles se prennent aux minuscules carrés de la moustiquaire. L'ordonnance du manteau de la cheminée avec ses dessins, ses pommes qui attendent, le poème inscrit d'une écriture ancienne s'effaçant et la légère enluminure de Nicolas, mangée de lumière, elle aussi disparaît peu à peu sans que rien soit fait pour la retenir. Tu es seul. Tu ne vois du dehors que l'envers de la porte où pendent des vêtements, une canne, et que le jour atténué de la fenêtre. Le platane remue. Trop de meubles dans cette pièce.

Là, devant elle, le poème qu'elle vient d'écrire et toute la tristesse qui reflue, qu'elle ne se reproche plus, qu'elle traverse comme un deuil.

Elle la sait incohérente, contradictoire, bourrée d'ombres, elle la sait injurieuse en quelque sorte pour leur amour, eh bien ! oui. Que peut-elle y changer ? Elle est en train de perdre un ami, c'est comme s'il s'enlisait sous ses yeux. Sarah ne s'offense pas de cette tristesse.

Et puis il y a ce matin extraordinaire où ils regardent ensemble les quatre gravures de Picasso pour son nouveau livre. Ils sont soudainement heureux.

Ainsi elle reste dans le jeu à demi défait, ne comptant pas, n'attendant pas. « Vous le connaissez bien, vous êtes son amie, n'est-ce pas ? » lui dit quelqu'un au château de Ratilly, devant des tableaux de Vieira da Silva. « Oui, je le connais bien. » Mais elle n'en dit pas plus, ne voulant à aucun prix travestir le moindre fragment de la réalité, et si réservée sur l'avenir, si hésitante... Elle regarde cette peinture qu'il lui a montrée le premier, elle retrouve leur monde, et Sarah qui comprend détourne vers elle son visage où rien d'autre ne peut se lire que l'amour. Sur l'herbe de la cour centrale, dans ce château de l'Yonne, c'est déjà juillet mais ici la chaleur est humide, tamisée par les bois encerclants. Elles n'ont fait ce long voyage que pour voir cette œuvre d'une femme qui, à elle seule, en dit infiniment plus que tous les traités, sur la puissance de l'esprit.

Été sur Nessuma. Sécheresse coupée d'échappées vers la mer. Dunes non loin d'Aigues-Mortes. Souvent on peut les voir, marchant sur de longues pentes où leurs pieds font s'écrouler le sable dans son provisoire entassement, nageant ou veillant près d'un feu de bois flotté allumé vers le soir. Mais qui les voit ? Un ou deux pêcheurs, les mouettes, les coléoptères du sable ? Tard dans la nuit, elles regagnent le village. Elle pose sur la table de la cuisine la casserole noircie où a bouilli l'eau pour ce thé qui sent la fumée plus encore que le plus fort des thés de Chine et que le vent refroidit vite. Elle embrasse Sarah dans la nuit de l'intérieur des terres, son corps salé. Le soleil dure sur elles.

Bien sûr, il ne l'a jamais faite cette marche avec elle sur des chemins aux mûres fabuleuses ! Il en a trop parlé. Elle sourit quand elle se rappelle ses paroles.

Les enfants changent, une gaucherie vient dans leurs gestes. On surprend des troubles dans leurs yeux, mais l'automne approchant, ils pensent aux figues et aux jujubes avec la même impatience. Seule la récolte des amandes ne les enthousiasme pas. Les regardant vivre avec tendresse, elle se demande parfois comment, par quels avertissements secrets, ils apprendront leur vie. Temps des jujubes, signe de leur proche départ car, si deux s'éloignent sur trois, c'est tout un équilibre qui bascule et c'est l'absence qui s'établit. Pourtant comme elle est lumineuse l'enfant qui demeure dans la maison !

Elles parlent peu de lui. Il vit dans leur proximité, cela suffit. Elle s'habitue à son humeur changeante. Il ne semble pas y avoir de relation de cause à effet lorsque T. ou A. séjourne auprès de lui et il arrive que la solitude aussi le fatigue. Pour la première fois aujourd'hui il lui a dit qu'il n'écrirait plus de poèmes. Elle n'en croit rien !

Il est des jours où le travail du grès est si urgent, si accaparant qu'il empiète sur tout le reste. Elles s'y engagent alors totalement, mais elle avec moins d'aisance et plus de réticences que Sarah. Bien qu'elle reconnaisse que la poterie porte en elle un enseignement important qui ne peut qu'accroître leur champ dans la diversité des sensations. Mais s'arracher à l'écriture, souffrir de longues interruptions, est chaque fois pour elle un renoncement plus difficile. Pourtant la vie est à ce prix. Quelque chose aussi l'inquiète dans le fait de se dérober pour écrire. Je veux tout, pense-t-elle. Ne s'exiler de rien.

Temps suspendu. Elle écrit sur la terrasse, le creux du vallon ne renvoie que des chants d'oiseaux. Pas de vent. On peut prendre la vie ici en sachant qu'elle ne dure pas et on accepte mieux la mort qu'ailleurs, peut-être à cause de la plénitude. L'atelier est comme une grande borie de pierre. On dit que Che Guevara est mort, on aurait mis son corps dans l'école d'un petit village. Elle ne parvient pas à détacher son esprit de cette nouvelle. Aujourd'hui, onze octobre mil neuf cent soixante-sept.

Rien ne peut hâter le temps. Pour la publication des poèmes, il faut attendre et oublier cette attente. Un autre échec ne compte pas, une porte un jour s'ouvrira. La réalité de l'écriture est ici, maintenant. Quand l'hiver viendra sur le village comme pour y parfaire le silence, elle sait qu'à chaque lever du jour elle retrouvera ce moment absolument vierge, ce moment d'avant toute voix et toute activité dans la maison, sauf celle d'ouvrir les fenêtres et de sortir. Puis l'eau du matin, celle qui efface la nuit si on la fait couler sur soi assez longtemps. Les pas de Sarah sortant de la chambre. Pas une journée indifférente.

Les difficultés inévitables affectent l'étage du dessous.

Chaque fois qu'elle passe devant sa maison son cœur bat un peu plus vite mais elle va, continuant. Elle attend désormais des raisons d'aller le voir. À leur rareté elle constate combien leur amitié était gratuite, vivant d'elle-même pour elle-même. Une autre année vient. Des lectures, des peintures s'ajoutent au paysage apparemment immobile. Le limon du travail, des rencontres, des souvenirs s'épaissit en strates régulières. Et peut-être cette colline est-elle propre à recevoir tout cela qui ne la nie pas, ne la contredit pas mais s'y agrège. La musique aussi.

C'est comme une traînée de poudre. On ne sait pas qui a répandu la nouvelle. Il est malade, très malade. Assez pour être gardé jour et nuit. Elle connaît bien son médecin qui leur est commun. Elle l'interroge. Il est réservé mais espère. Quand elle va au Viala la pluie fouette l'herbe de la prairie. Une femme (garde-malade ? domestique ?) se tient derrière la porte de verre. Son visage est fermé, on sent qu'on l'a placée là pour exécuter des consignes, rien de plus. Elle propose de la remplacer cette nuit ou demain, elle est inquiète, bouleversée de cette solitude entourée d'anonymat dans laquelle il est enfermé. A. est absente. T. aussi. Soudain, du haut de l'escalier qui s'ouvre sur sa chambre, une voix, la sienne, mais secouée de colère crie : Non, non, qu'elle parte !

Mémoire brusque d'un certain jour où il a eu

un ton presque semblable pour dire à Sarah : Emmenez-la ! Égarement dans sa voix, espèce de folie furieuse qui la traverse comme une électrocution. Manifestement, de tous c'est elle qu'il veut le moins voir et entendre, elle son amie. Elle sait qu'il ne doit pas bouger, même pour boire, elle sait que c'est dans sa tête que le malheur est arrivé. Elle se retire aussitôt les yeux pleins de larmes car la colère fatigue. La porte se referme.

Durant un mois elle prendra de ses nouvelles par intermédiaire. Constamment sa pensée l'accompagnera, mais il n'en saura rien. C'est ainsi que pour elle passera mai mil neuf cent soixante-huit, entre un grand espoir collectif et une peine secrète, diffuse, incompréhensible.

On dit qu'il va mieux. Elle ne descend plus au Viala. Et quand on prononce son nom quelque part, elle s'écarte ou feint de ne pas entendre.

Alors pourquoi leur envoie-t-il ce livre qui paraît en octobre, ces poèmes de la dernière année ? Pour envenimer ou approfondir la blessure ?

Elle se souvient de ce jour où il s'était levé pour prendre un de ses livres dans la bibliothèque. Il lui avait dit en le lui tendant ouvert à une certaine page : Ce poème, je l'ai écrit bien avant de te connaître, mais c'était pour toi déjà. (Elle avait ri.) — Non, non, je ne suis pas la Femme, je suis moi, dis cela à d'autres qui s'en émouvront, tu ne me fais aucun plaisir !

Et de cet autre jour. Lui : Le soir où tu es venue ici pour la première fois, avec Sarah, le soir même j'ai fait l'amour avec une femme en ne pensant qu'à toi. Elle : Je n'en ai rien su, tu vois bien que ça s'est perdu !

Cette réponse l'avait enchanté, ils étaient très gais ensuite.

« Que peut-on penser de ce signe ? (sa voix de colère tombant de sa chambre, dévalant l'escalier, la rejetant à la pluie...) — Rien », dit Sarah.

Elle a raison. Chaque tentative d'explication est inutile. Il vaut mieux abandonner.

Pour le remercier, elle lui écrit puis va le voir. Il est au soleil pâle, sur le seuil. Pâle lui aussi. Un tel changement s'est produit en lui qu'elle reste muette. Il y a presque huit mois qu'elle ne l'a vu. Et d'abord ses mains. Ses mains. Presque transparentes. Il tient ses bras le long de son corps ou plutôt il les laisse le long de son corps. Et maintenant il ne lutte plus contre la voussure de son dos. Cependant il semble immense, amaigri et léger comme un grand corps de coquillage creux, avec son sourire comme déjeté de son visage et son regard qui renonce. Elle se tait, c'est lui qui commencera la conversation, elle ne sait plus comment car elle entend à peine. Ils rentrent. La pièce de travail lui paraît petite mais l'odeur n'a pas changé. Il tombe dans son fauteuil plus qu'il ne s'y assied.

« Alors ? » dit-il.

Où sont les allées de la parole, ce qui venait comme un vin coule d'une bouteille dont il force lui-même l'ouverture ? Elle sent des mots bouger dans sa bouche, mais au lieu d'être faits d'air et de mouvements de langue, ils ne sont qu'un conglomérat de graviers, de sable, de cendres et plus rien ne ressemble à rien et tout a dérivé. Une fatigue terrassante s'empare d'elle. Elle regarde ses joues creusées, ses mains posées à plat devant lui sur la table. Il dit à nouveau que c'est son dernier livre qu'elle a reçu, qu'il n'écrira plus. « Non, je suis sûre que tu as écrit d'autres poèmes, ce que tu viens de traverser, tu n'as pas pu ne pas l'écrire. »

Et il la regarde dans le trouble et la douleur.

« Viens près de moi ! »

Elle se lève et se tient debout le long de sa table. Il laisse aller sa tête contre elle, il s'enferme dans la chaleur de ses bras.

« Quel mal tu m'as fait... Tu ne sauras jamais le mal que tu m'as fait. Je ne te demandais presque rien. »

Elle se tait. Nous voilà quatre ans en arrière, pense-t-elle, mais ce n'est jamais vrai. Aucun recul. Elle resserre ses bras sur lui. « Ce n'est pas "presque rien" que tu me demandais. — Tu l'aimes donc à ce point ? — Oui. Et toi je t'aime plus que moi-même. Jamais il n'en sera autrement. Même si cela te semble dérisoire, même si tu désires m'en punir, si tu inventes n'importe quoi pour m'en punir. Tu as déjà commencé et tu n'es pas près de finir, je le sais. Mais toujours je me dirai : c'est lui, sa douleur lui donne le droit de me faire mal. Je ne peux pas partager l'amour, je préfère mourir. Je t'aurais aimé si je t'avais rencontré avant elle et peut-être en aurais-tu été embarrassé... peut-être aussi aurais-tu cessé d'errer, d'appeler. Nul ne sait. Pour moi l'amour est grave, insolent, brûlant, il refuse la mort, il la digère, il l'anéantit, il use du temps mais il n'est pas dans le temps, il ne laisse aucune place dans mon corps où tu pourrais à ton tour te coucher. Je ne t'en veux pas, pourquoi t'en voudrais-je ? Tu es libre d'aller, de venir. Tu es libre d'ouvrir et de fermer. Et moi, pareil. Nous sommes deux mondes. Nous ne pouvons pas toujours à temps nous faire signe. Nous mourrons et si tu t'écartes de moi nous aurons perdu tout le temps qui reste. Personne ne me consolera de ta perte, personne ne remplacera ta présence. Un trou, un blanc. Ton nom quelque part, comme un coup. Je sais que tu n'accepteras pas, je l'ai vu. C'est ton désir qui te faisait mentir quand tu parlais d'amitié entre nous. Tu étais acculé à mentir mais ce n'est pas parce que j'ai vu tes mensonges que je t'ai moins aimé. Et je ne sais pas ce que c'est qu'un mensonge. Ceux qui ne désirent rien sont peut-être les seuls à ne jamais mentir. Pour Sarah, pour la rejoindre, j'ai menti à mort. J'ai eu si peur en mai, tu pouvais mourir. L'idée même de ta mort possible, je ne la supporte pas. Quand je m'approchais, tes chiens de garde aboyaient.

D. surtout, lui que j'avais rencontré plusieurs fois devant toi, lui si timide, si courtois ! Comme les choses changent... Pourtant je me bornais à demander de tes nouvelles, je n'aurais pas fait un seul pas vers toi. Tes cris avaient suffi à m'arrêter net. Je ne comprendrai jamais ni cela ni pourquoi nous sommes là en ce moment, longtemps après. Maintenant nous n'aurons plus que deux choses en commun, la poésie et la mort, c'est peut-être une seule et même chose. Les détails du temps tomberont en dehors de nous. Cela, je le comprends. »

Elle parle sans rien voir. Yeux ouverts, ils sont comme fermés car elle ne regarde qu'un seul point de la pièce, le bas de la bibliothèque. Ainsi que l'image rétinienne s'efface en quelques secondes, les portes de bois sont devenues neutres puis elles ont disparu. Il ne bouge pas. Il est cette chaleur entre ses bras, ce poids dont elle ne porte pas la charge. Tout le contenu de ses pensées sur lui, sur eux, pourrait s'écouler sans qu'elle y prenne garde. Elle ne sait que la matière de sa propre voix, une espèce de douceur régulière où perce un début d'enrouement. Un bruit de voiture surgit, on roule dans l'allée de graviers.

« A. revient », dit-il. (Il se redresse, écarte ses bras, la regarde.) « Ne bouge pas, ne me reconduis pas, je pars. »

A. entre. Croisement, serrements de mains. Ils demeurent tous deux sur le seuil tandis qu'elle s'éloigne.

C'est (à peine) une ride sur l'eau des jours à Nessuma. C'est un silence un peu plus compact. Un fragment de vie a osé se dire, tout est là.

Une autre année. On dirait qu'elle a rayé le Viala de son parcours. Elle écrit. Prise dans le tissage d'un roman, absorbée par des poèmes. Elle et Sarah parlent rarement de lui. Elle entend des échos, on commente sa santé jusqu'à Paris, elle écoute et se tait. Il vit. Un nouveau livre de ses poèmes est publié. Il ne le lui envoie pas. Il contient quelques poèmes admirables qui tous, sauf un, ont été écrits entre juin et août. La raison pour laquelle il ne les lui a pas offerts est claire. Mais comment peut-il supposer qu'elle ne connaîtra pas l'existence de ces poèmes, qu'elle ne les possédera pas ?

L'année est remplie de signes, difficile à vivre. L'espoir ouvert par l'ardeur de l'an dernier (mai à Paris, mai dans tout le pays) est retombé. On mesure l'ampleur de la déception. Pourtant l'essentiel est advenu, la disruption s'est produite. Levier dont l'œuvre de dislocation commence. Rien ne bouge encore mais tout s'effondrera. C'est mathématiquement sûr maintenant. Dans un pays aussi géographiquement rebelle au désarroi que la Provence, l'inquiétude s'infiltre comme si le temps qui passe donnait des armes aux forces contraires toujours prêtes à surgir. Que doit-il en être alors, ailleurs ?

Elles travaillent. Les jours de solitude alternent avec ceux où les enfants sont là. Des difficultés naissent qu'elles aplanissent, d'autres encore qui restent en suspens, ouvertes.

Elles vivent. Les nuits espacent savoureusement les jours. L'année est une longue ligne discontinue dont les intervalles représentent les nuits qu'aucune forme ne peut contenir, auxquelles seuls conviennent les vides. Liberté de ces vides.

Elle se heurte à des refus, elle s'engage ou se lance dans de longues attentes arides pour la publication de ses poèmes et de son roman. Mais elle avance, écrit, continue. C'est une opération de déblaiement, de table rase. C'est un questionnement que rien n'arrêtera car il ne dépend de personne sinon d'elle. Elle fait des rencontres silencieuses, sa table de travail s'entoure de présences qui lui sont chères. Lectures qui s'appellent, s'agrègent les unes aux autres, déterminent un lieu qu'elle reconnaît comme étant le sien depuis toujours.

Du temps. Des repères qui sont les allées et venues des vacances, les trouvailles qui modifient la composition des émaux ou la cuisson des grès, la venue de certains êtres dont l'existence est ressentie comme précieuse et contribue à modifier l'air, toutes ces choses tellement plus mystérieuses que les dates rythment la vie à Nessuma, la prennent dans un réseau serré et tendre.

Il disait : sois patiente, la poésie est longue. Elle sent croître sa patience, elle en fait cette fleur qui se clôt le soir, s'ouvre avec le matin, suit l'orbe du soleil, une fleur plus parfaite encore que le tournesol et qui ne se fane pas.

Il disait. Elle pense au mode passé.

On échange des vœux dans la nuit, on se regarde, les yeux brillent de vin et de joie. Dixième année de leur arrivée ici, Sarah avec elle. Sixième année de sa rencontre avec lui. Comptes légers que l'on fait à part soi entre deux sourires. Cette famille-là, cette drôle de famille, comme on y est bien ! On dirait que l'amour seulement vous y retient, pas un autre devoir. Et depuis presque un an on y a accueilli un chien, un grand berger de Beauce, magnifique et doux. Il se mêle à la fête avec des airs de prince, il prend sa place, un peu plus que sa place, auprès du feu. Visages de ceux qu'on appelle provisoirement des enfants mais qui sont des adolescents et qui changent si vite, ils sont comme des pierres dures que l'on jette loin devant soi, qui atteignent des buts inconnus de celui qui lance.

Sarah la regarde.

Il est juste de laver à part et de livrer au vent la nappe rouge des fêtes. Mon amour est rejoint.

Elle a rêvé de lui cette nuit. Sur ce rêve s'étendait une impuissance poignante, sentiment dont elle a mis une grande partie du jour à se dégager.

Ils étaient tous deux malades dans la salle commune d'un hôpital quelconque. Couchés dans deux lits du même côté mais séparés par plusieurs autres lits. Quand il se levait pour les nécessités habituelles, il passait à ses pieds. Une fois, deux fois. Sans tourner la tête. Il marchait de son pas de fatigue qu'elle connaît bien, légèrement penché en avant mais avec la volonté d'être droit. Il l'avait vue, d'un regard absolument vide, il savait donc qu'elle était là nuit et jour. Et n'était-ce pas lui, lui seulement, qui l'occupait, elle ? Cependant une épaisseur hostile les recouvrait, une sorte de couverture de garance, griffue et collante, qu'elle ne parvenait pas à repousser. Quelle mystérieuse maladie les tenait là dans cet hôpital ? Quelle ville autour d'eux remuait vaguement ? Quand le soir tombait, irrépressiblement elle faisait le projet de se lever durant la nuit et d'aller s'agenouiller près de son lit. Elle se serait tenue là, immobile mais si proche que sa résistance insensée aurait fondu d'un coup. Et puis le noir venait et franchir la distance qui séparait les deux lits devenait une entreprise impossible, la plus impossible de toutes.

Quand elle s'est éveillée, elle pleurait. Le temps l'entourait à nouveau d'une épaisseur de cendres, de débris, et la chambre, la chambre admirable où dormait encore son amour, était par la grisaille de la salle commune, par son odeur, cernée de toutes parts et envahie.

Sarah grave des poèmes dans la terre chamottée. Le feu, quelques outils rudimentaires, des lettres de plomb lui suffisent. Elle cherche durant des mois le moyen de cuire des plaques d'argile de grande dimension. Elle veut savoir aussi quels oxydes peuvent lui fournir les plantes ou certaines cendres. Elle multiplie les essais, les notations. Elle ajoute aux poèmes une série de reliefs pour que la lumière s'en empare.

En juillet elle sait que son roman sera publié à l'automne. Après tant de difficultés dans l'édition de ses poèmes, elle ressent en apprenant la nouvelle une espèce de joie lisse. C'est le jour de son anniversaire, le plein été. Autant que les cigales la chaleur est stridente, on dirait un crépitement sur les tuiles rondes, la dilatation de tout ce qui appartient au règne minéral est à son comble.

Sa fille aînée revient vivre auprès d'elle. Elle pense que ce changement ne marque aucune victoire de sa part, aucune défaite du père, mais simplement un retour au plus profond car elle a toujours su, dans le déchirement comme dans la joie, que l'unique fonction intelligible de la mère, peut-être, c'est d'être là. Jusqu'à ce que son fils revienne à son tour, elle l'attendra pour que se referme le cercle de la présence. Présence si légère, si respectueuse d'eux qu'ils la sentiront à peine, juste pour s'en réchauffer quand ils ont froid.

Elle ne va plus au Viala. Sarah ayant choisi parmi d'autres quelques poèmes de C. pour les graver, elle se rend seule dans sa maison. Ils ne parlent pas d'elle. Il admire son travail et lui réserve un accueil courtois. La visite est brève. Sarah avouera ensuite avoir été intérieurement glacée durant toute l'entrevue.

« Comment est-il ? » demande-t-elle à son retour.

« Cela n'a pas de sens pour toi si je te réponds, dit Sarah. Je n'ai pas sur lui le même regard que toi mais il me semble que sa santé est assez bonne, qu'elle est simplement "autre" qu'avant. Pourquoi n'aurait-on pas plusieurs santés au cours de sa vie ? »

Elle lui sourit, en même temps qu'elle ressent comme très étrange que Sarah l'ait vu et pas elle. Si près de sa maison, qui pourrait le croire ?

Elle lui envoie son livre. Il ne l'en remercie pas, ne lui fait pas le moindre signe.

Peu à peu un tri s'opère en elle. Tous les détails jetés, jugés sans importance, il reste une douleur tenace, érodante, plus ou moins forte selon les jours. Une douleur discrète. On n'en voit rien sur son visage, on ne remarque aucun tremblé dans ses mots. Elle va, elle vient. Le temps lui apporte de nouvelles rencontres qui comptent beaucoup à ses yeux et parallèlement donnent la mesure du vide laissé par lui. Dichotomie cruelle qui s'exprime en secret dans une voix : je suis bien avec vous, et dans l'autre voix : maintenant quand je vous regarde, il manque quelque chose dans mon regard. Comme une peau qu'on aurait ôtée. Et même si vous êtes sincères, vous payez pour un autre car cet autre parlait pour vous tous, il mentait donc pour vous tous. Elle se demande parfois si cela qui ressemble à un mirage ou à une hallucination auditive s'effacera un jour, disparaîtra du champ des sensations. Car les autres sont innocents de lui.

Elle attend. Peut-être provoquera-t-elle une fois encore la rencontre, mais ce n'est même pas sûr. Le résultat escompté serait si incertain, si trouble, il soulèverait à nouveau une telle ambiguïté qu'elle n'y peut penser sans réticence. Lorsqu'elle détourne un instant son regard vers les frondaisons qui s'éclaircissent à l'approche de l'hiver, les volets sont souvent ouverts, une voiture stationne devant la haie. Il est là, il parle avec des gens, il reçoit et renvoie des épreuves de poèmes, il marche dans le jardin. La douleur alors se fait plus acérée un instant, durant quelques secondes l'incompréhension de l'état entre eux s'opacifie encore davantage jusqu'à une sorte de noir proche des larmes. Seule, il arrive qu'elle les laisse couler, petit ruisseau de sel brûlant que sèche le vent par la vitre baissée. Peu à peu elle revient au regard sur la garrigue et la consolation parfois surgit, diffuse, une voix sans timbre lui parle, aligne des mots ajustés au besoin qu'elle en a, l'appelle avec une évidence insistante.

À Nessuma, certains ciels au soleil couchant émettent une beauté qui passe presque les limites du recevable. Ce sont alors nos capacités qui tremblent.

Considérant sa vie parfois, elle sait qu'elle vient d'en franchir la ligne médiane, non du point de vue du temps car personne ne connaît la durée de sa propre vie, mais du point de vue de la profondeur. Désormais tout ce qui lui arrivera sera nécessairement filtré par une connaissance plus étroite et plus dénudée de la douleur. Solitude dans laquelle Sarah elle-même ne saurait entrer, si loin qu'elle aille, parce que cette solitude est l'extrême limite qui dessine en nous un enclos presque cellulaire où personne n'accède et parce que Sarah s'est exclue volontairement de cette solitude en se détournant d'un mouvement presque imperceptible, dû peut-être à la lassitude mais surtout à l'obscur qui nous habite, mouvement terrible et déjà irréversible. Il fallait cet avertissement, pense-t-elle, pour que notre amour fût humain, fût un fragment du grand tissu universel déchiré, boueux, plein de trous et de salissures. Elle regarde la pureté, la somptuosité des feuilles. Nous ne sommes pas le végétal, nous fonctionnons inversement à lui. C'est bien. Et une grande paix vient sur l'angoisse. Une lente, très lente approche de la mort par un chemin différent, le sien, cette fois. Et il n'y en aura pas d'autre pour elle, c'est pourquoi lui apparaît l'image de la ligne médiane, milieu à partir duquel on distingue ce qui était jusque-là noyé d'ombre.

Parallèlement son roman fait son propre chemin. Elle reçoit des lettres, lit des critiques, s'éloigne en quelque sorte de ce qui fut brûlant sur sa table de travail. Cela n'est qu'un moment de l'écriture, l'écriture continue son investigation, son questionnement. De grandes joies lui sont données qu'elle prend mais seulement en tant que signes. Ses poèmes vont être publiés et entre deux feuilles blanches, à portée de sa main, repose l'épreuve d'essai de la lithographie de Zao Wou Ki destinée à les accompagner. Souvent elle regarde l'émergence de ces deux masses bleues s'échappant du chaos vers une zone dont rien n'est jamais dit.

Voici déjà bien des années, il lui écrivait : « Nos conversations au Viala me manquent. » Mais aujourd'hui, elle ne prendra pas son stylo pour lui écrire la même chose, parce que c'est vrai.

Il est d'ailleurs très occupé car on consacre à son œuvre, aux liens de cette œuvre avec les peintres, une grande exposition. Imaginer les préparatifs sans fin est facile, les nécessaires conversations précautionneuses qui ménagent son entrée dans la légende. D'avance elle sait qu'elle ira voir cette exposition comme une simple passante attirée par les publicités, qu'aucune place ne lui sera faite parmi les invités. Ce qui a lieu.

La gorge serrée, une pierre dans la poitrine, elle fait lentement le tour des salles. Une ombre marche à ses côtés, solennelle, silencieuse. Dehors un soleil de printemps fait illusion à cause du mistral, on croise ce soleil au hasard de l'architecture. Hormis Sarah, personne ne laisse un bruit de pas. C'est un jour de semaine, l'exposition est désertée. Sarah s'égare entre les vitrines, s'attarde aux détails, revoit les salles de peinture dans le désordre. Elle sait le poids de cette pierre, il n'y faut pas toucher.

Cet univers qu'elle connaît dans le moindre de ses signes, il résiste, il ne se dérobe pas. Aussi longtemps qu'elle sera vivante d'une vraie vie, elle pourra faire appel à lui. Univers où la beauté de la parole ne le cède en rien à celle de la peinture, exigence venue tout droit de l'enfance et qu'elle entend. Qu'il s'en retire, lui, au moment où elle y est présente, ce n'est qu'un décalage dans le temps, cela à terme ne signifie rien. Ou alors tout apprentissage serait vain. Ces peintres sont là, à un rendez-vous avec elle et la poésie veille, inchangée. Que son cœur ait mal appartient à un autre ordre où précisément l'égarement a cours. Nul n'y peut rien.

Chez elle, sur sa table de travail, un caillou du Vaucluse est posé. Dessus il a peint une lune, un soleil et d'une encre très noire il a inscrit un fragment d'un de ses poèmes. Il le lui a donné un jour où elle lui avait fait du bien. C'est un objet naïf, oublié de lui maintenant. On peut en voir quelques-uns dans les vitrines à côté de petites peintures bordées de cire modelée au doigt et d'un cahier de gouaches peintes la nuit à la lueur d'une bougie. Il lui avait dit qu'il ne les montrerait jamais publiquement. C'était au début, un matin de brouillard intense, la maison semblait enveloppée d'ouate, il feuilletait pour elle ce cahier, ils n'osaient pas encore se regarder vraiment.

Lumière d'une fin d'après-midi froide. Elles prennent du thé en silence, au sortir de l'exposition. Elles ont quitté l'enclos aux arbres grinçants sous les coups de boutoir du vent. Rien n'est triste autant qu'un pays voué aux vacances lorsque la mer trop froide mouille un sable rugueux, envahi d'algues pourrissantes, au moment même où s'allument les hauts réverbères inutiles. Elle regarde Sarah. Rue du Manège, ses yeux se détachaient constamment des choses pour se réfugier dans l'exercice continuel de la tendresse comme si une seule chose au monde valait d'être vécue. La seule chose en effet.

À la lettre qu'elle lui écrit peu de jours après, il ne répond pas. Non plus à l'envoi du livre de ses poèmes quelques semaines plus tard. Tout est donc bien fini.

Elle écrit, travaille, avance dans la tâche pleine d'ébréchures et de coups. L'écriture est cette matière étrange qui fait corps avec la vie. Cet été-là, elles passent un long temps à Amsterdam. L'éloignement leur est bon, l'environnement d'une terre plate. Ce n'est pas que la douleur s'en aille, non, mais elle trouve une autre nourriture dont une main secourable aurait retiré l'élément irritant. Lorsqu'elles rentrent des dunes de Castellum vers la ville et qu'une brume commençante noie les longues terres, estompant les limites, quelque chose se dissout, une rémission accepte d'être préfigurée quelque part. Il arrive qu'au terme de marches nocturnes dans Amsterdam, trois heures, quatre heures ont déjà sonné à la Munttören, elles prennent un temps infini à s'aimer avec une avidité sans innocence.

Dans le ventre miséricordieux de la ville marine peut-être oublient-elles la sévérité immobile de Nessuma. Non, elles ne l'oublient pas. Le village ressemble aux amis. Partout on les emporte, on les nomme au détour de longues conversations avec un arrêt, une espèce de pensée circulaire autour de leur visage ou du souvenir de leur voix. On les aime à travers une mémoire saugrenue qui retient d'eux leur sel, leur saveur, qui ne veut d'eux que ce qui les rend irremplaçables.

Tu étais dans cette chaleur, pense-t-elle. Mes amis très aimés, dites-lui que sa place est vide, que le repas entier se fige. Pourtant je vous souris, j'ouvre mes bras, je vous écouterais pendant des heures...

Elles marchent sur la route. Des criquets s'envolent dans la chaleur, ouvrant de brusques ailes orange. Vols courts, successifs, de proche en proche. L'été ici. Les enfants habitent la maison, elle écrit sur l'œuvre d'Arpad Szenes. S'approcher de l'esprit de cette peinture, c'est chercher l'équivalence picturale de ce qui donne son prix à la vie : son mystère jamais dénudé, dans une lumière insistante.

Dans le Vaucluse, on ne sait pas bien ce qui vous conduit à l'hiver. Une gloire sournoise vous empêche de croire aux gelées qui sont rarement mortelles et attaquent par une succession de gelées blanches. Le jour n'en est pas altéré. La lumière plus brève s'accentue au contraire, se concentre dans son temps de partage à mesure qu'il s'accourcit.

Seule à Paris depuis plusieurs semaines, absorbée par le travail et les rencontres, c'est à cela qu'elle pense. Sarah l'attend, là-bas les gestes de leur vie continuent. Quoique ne se séparant presque jamais, elles ont encore l'habitude de l'absence qui les a si longtemps tenues écartées l'une de l'autre. Elles savent comment on la déjoue, comment on en fait un matériau pour l'amour. Elle pense aussi à la parenté dévastée, à la singularité que l'on doit trouver à deux dans ce monde difficilement habitable, comme si l'on n'était né de personne. Seulement de la nuit matrice, seulement du regard qui se nourrit de l'amour et qui n'a besoin de l'aide d'aucune lumière extérieure. Elle oublie les rues, leur bruit, elle s'incorpore à leur mouvement. Un geste revient qui la brûle, ralentit sa marche imperceptiblement. L'à genoux du lit.

Là-bas, Sarah peint maintenant. Le grès l'a conduite où elle devait aller, vers ce qui ne dépend ni du feu ni du vent mais suit la main, cherche à mesure sa justification et sa justesse. Sa douce illumination aussi.

C'est un jour de mars. L'hiver est oublié. Personne ne pourrait dire pourquoi elle est au volant de sa voiture, roulant vers sa maison. Pas même elle. Au passage elle remarque des hommes qui tranchent dans la terre et dans le feuillage juste au bord de la garrigue. Leur pelle-benne avance, la terre rejetée sur le côté s'amoncelle, des racines retournées, des branches arrachées couronnent cette mauvaise digue. Des cistes émergent par places, on ne peut savoir déjà s'ils sont sectionnés. Le sec viendra ou les cicatrices. Ils sont trois, quatre peut-être, habillés de bleu.

Devant le portail de bois, au moment de l'ouvrir, le cœur qui cogne à nouveau. L'allée, à pas volontairement tranquilles. La salive lui manque. Elle a frappé. C'est lui qui ouvre la porte.

« Alors ? »

Une telle dureté dans sa voix, une telle fermeture sur son visage l'affolent. Il existe bien un vestibule, un couloir dans les mots. Où s'est évanoui le prétexte vaguement cherché pour venir jusqu'ici ? Non, elle ne fera aucun effort pour le retrouver et de l'histoire des mots entre eux, de leurs commodes agencements, elle ne veut plus. La voilà comme un corps étranger, juste au bord de son expulsion.

« Alors ? » C'est presque en la voyant, avant même de regagner son siège, que son agressivité l'a trahi. Maintenant il est assis en face d'elle, muré, avec un mauvais pli déformant son front et une méchanceté non dissimulée dans le regard. D'abord elle ne s'aperçoit pas du silence parce qu'elle est fascinée par la métamorphose. Que lui puisse devenir ça, c'est un événement jamais imaginé même aux heures les plus sombres.

C'est peut-être un jeu sinistre, peut-être un des actes de l'interminable théâtre interne mais le rire, cette fois, n'aura pas lieu.

Si ne demeurait l'odeur, toujours pareille, une certaine qualité de la lumière sur les dessins... Non, c'est ici, maintenant. Personne ne rêve éveillé, personne ne vit plusieurs vies.

Quand même elle a tenté quelque chose pour rompre le silence, pour qu'une onde de voix humaine se heurte aux murs, vibre un instant.

« Tu as reçu mes poèmes ? (C'est absurde, enfantin, elle le sait.) — Je reçois toujours ce que l'on m'envoie par la poste. »

Il faut donc que le silence retombe, épais. Des minutes et des minutes passent. Ils se regardent. Être, seulement être, qu'y a-t-il d'autre ? Ils sont au bout. Tous les mots utiles ont été dits. Des minutes encore. À l'absence de parole se substitue l'absence de pensée. Ce qui précède les larmes commence à envahir ses yeux à elle. Mais elle ne consent pas tout de suite.

On raconte au loin des histoires de loup, de chèvre. Mais aussi des histoires d'anneau caché dans la pâte et de robe couleur du temps.

Elle résiste encore aux larmes. Elle regarde son visage en essayant de le voir pour la première fois comme si on pouvait effacer les signes, vivre à rebours. Ce visage commun en somme, dont on peut croiser ici et là quelques exemplaires assez voisins. Inutile, elle ne peut pas. Elle est enfermée dedans, elle est passée à travers la peau, derrière les yeux, à l'intérieur de la bouche, dans la matière molle et tiède où se forment les pensées. Aucune distance possible, tout recul ici est un mythe. C'est alors seulement que le regard glisse et s'emplit d'eau, que son buste, son dos, ses mains lui parviennent, son corps entier, ce volume de chaleur dans la pièce encore un peu froide. Et qu'à travers ses larmes elle le regarde encore bien droit dans les yeux. Dix minutes ont passé, un quart d'heure peut-être, de ce silence redoutable.

« Je ne reviendrai plus jamais », dit-elle.

Elle se lève. Il l'accompagne jusqu'à la porte.

Se sont-ils dit au revoir? se sont-ils serré la main? Elle n'en sait rien et d'ailleurs c'est sans importance. Elle marche dans l'allée de graviers, ouvre et referme le portail de bois peint. Malgré la porte close il entend la voiture démarrer, aller faire demi-tour un peu plus haut et repasser devant le jardin, la maison.

Sur le chemin du retour elle s'arrête au niveau des hommes à la pelle-benne. Ils prennent une pause. « Que faites-vous là ? À quoi doivent servir ces travaux ? — C'est pour un lotissement, c'est pour l'eau. »

Ils la regardent ébahis. Elle leur a parlé, oubliant qu'elle est en larmes. Elle repart. Ainsi on va construire des villas dans la garrigue... Oui, tout est vraiment fini. Le saccage est complet.

Elle rentre dans la maison vide. Sarah peint à l'atelier. La fenêtre de la chambre des amis, grande ouverte, donne le dehors, le temps sublime, tranquille. Le soleil se couche de l'autre côté du village et la lumière remonte de terrasse en terrasse avec sa violence brève des soirs magnificents.

Elle se tient là, devant la fenêtre, absorbée par la véhémence de la colline.

Et que je meure si je l'oublie.

Saumanes-de-Vaucluse
28 septembre 1975

DU MÊME AUTEUR

Au Mercure de France

LES BONHEURS, *roman.*

LES AMANTES, *roman.*

JOUE-NOUS « ESPAÑA», *roman.* (Prix Femina 1980.) Folio n° 1375

SIGNES D'AIR, *poèmes.*

HISTOIRE DE VOLUBILIS, *roman.*

LE CAHIER VERT, JOURNAL 1961-1989.

LE SEL.

LA FEMME SANS TOMBE, *roman.*

LA NOURRITURE DE JUPITER. *Variations sur les nourritures mentales*

Chez d'autres éditeurs

FEU DE ROUE, *poèmes.* Lithographie de Zao Wou-ki. Fata Morgana.

SAVOIR DE VULCAIN, *poèmes.* Gravures d'Arpad Szenes. Fata Morgana

ARPAD SZENES, *monographie.* Le Musée de poche.

LETTRE À ARPAD SZENES. L'Échoppe.

ÉLOGE DU JAUNE. L'Échoppe.

Tirage limité avec, selon les exemplaires, une œuvre originale de O. Debré, M. Frydman, S. Jaffe, P. Nivollet, S. Ort, C. Pichaud, E. Pignon-Ernest, D. Thiolat, C. Viallat, J. Voss.

CLAIRE PICHAUD, *monographie*. (À paraître.)

Livres d'artiste

GRAVÉ, ÉCRIT, UN HIVER À SAUMANES-DE-VAUCLUSE, *poème*. Gravures de Piza.

LES JOURS, texte manuscrit sur un livre-collage de Bertrand Dorny.

LA VOIX SANS TIMBRE, *poème manuscrit*. Pastels sur gouache d'Anne Walker.

PESCHICI, PROVINCE DE FOGGIA. Peintures originales de Claude Viallat. Imprimerie nationale (à paraître en 1999).

COLLECTION FOLIO

Dernières parutions

2831.	François-Régis Bastide	*L'homme au désir d'amour lointain.*
2832.	Thomas Bernhard	*L'origine.*
2833.	Daniel Boulanger	*Les noces du merle.*
2834.	Michel del Castillo	*Rue des Archives.*
2835.	Pierre Drieu la Rochelle	*Une femme à sa fenêtre.*
2836.	Joseph Kessel	*Dames de Californie.*
2837.	Patrick Mosconi	*La nuit apache.*
2838.	Marguerite Yourcenar	*Conte bleu.*
2839.	Pascal Quignard	*Le sexe et l'effroi.*
2840.	Guy de Maupassant	*L'Inutile Beauté.*
2841.	Kôbô Abé	*Rendez-vous secret.*
2842.	Nicolas Bouvier	*Le poisson-scorpion.*
2843.	Patrick Chamoiseau	*Chemin-d'école.*
2844.	Patrick Chamoiseau	*Antan d'enfance.*
2845.	Philippe Djian	*Assassins.*
2846.	Lawrence Durrell	*Le Carrousel sicilien.*
2847.	Jean-Marie Laclavetine	*Le rouge et le blanc.*
2848.	D.H. Lawrence	*Kangourou.*
2849.	Francine Prose	*Les petits miracles.*
2850.	Jean-Jacques Sempé	*Insondables mystères.*
2851.	Béatrix Beck	*Des accommodements avec le ciel.*
2852.	Herman Melville	*Moby Dick.*
2853.	Jean-Claude Brisville	*Beaumarchais, l'insolent.*
2854.	James Baldwin	*Face à l'homme blanc.*

2855. James Baldwin — *La prochaine fois, le feu.*
2856. W.-R. Burnett — *Rien dans les manches.*
2857. Michel Déon — *Un déjeuner de soleil.*
2858. Michel Déon — *Le jeune homme vert.*
2859. Philippe Le Guillou — *Le passage de l'Aulne.*
2860. Claude Brami — *Mon amie d'enfance.*
2861. Serge Brussolo — *La moisson d'hiver.*
2862. René de Ceccatty — *L'accompagnement.*
2863. Jerome Charyn — *Les filles de Maria.*
2864. Paule Constant — *La fille du Gobernator.*
2865. Didier Daeninckx — *Un château en Bohême.*
2866. Christian Giudicelli — *Quartiers d'Italie.*
2867. Isabelle Jarry — *L'archange perdu.*
2868. Marie Nimier — *La caresse.*
2869. Arto Paasilinna — *La forêt des renards pendus.*
2870. Jorge Semprun — *L'écriture ou la vie.*
2871. Tito Topin — *Piano barjo.*
2872. Michel del Castillo — *Tanguy.*
2873. Huysmans — *En Route.*
2874. James M. Cain — *Le bluffeur.*
2875. Réjean Ducharme — *Va savoir.*
2876. Mathieu Lindon — *Champion du monde.*
2877. Robert Littell — *Le sphinx de Sibérie.*
2878. Claude Roy — *Les rencontres des jours 1992-1993.*
2879. Danièle Sallenave — *Les trois minutes du diable.*
2880. Philippe Sollers — *La Guerre du Goût.*
2881. Michel Tournier — *Le pied de la lettre.*
2882. Michel Tournier — *Le miroir des idées.*
2883. Andreï Makine — *Confession d'un porte-drapeau déchu.*
2884. Andreï Makine — *La fille d'un héros de l'Union soviétique.*
2885. Andreï Makine — *Au temps du fleuve Amour.*
2886. John Updike — *La Parfaite Épouse.*
2887. Daniel Defoe — *Robinson Crusoé.*
2888. Philippe Beaussant — *L'archéologue.*
2889. Pierre Bergounioux — *Miette.*
2890. Pierrette Fleutiaux — *Allons-nous être heureux ?*
2891. Remo Forlani — *La déglingue.*
2892. Joe Gores — *Inconnue au bataillon.*

2893. Félicien Marceau — *Les ingénus.*
2894. Ian McEwan — *Les chiens noirs.*
2895. Pierre Michon — *Vies minuscules.*
2896. Susan Minot — *La vie secrète de Lilian Eliot.*
2897. Orhan Pamuk — *Le livre noir.*
2898. William Styron — *Un matin de Virginie.*
2899. Claudine Vegh — *Je ne lui ai pas dit au revoir.*
2900. Robert Walser — *Le brigand.*
2901. Grimm — *Nouveaux contes.*
2902. Chrétien de Troyes — *Lancelot ou Le chevalier de la charrette.*
2903. Herman Melville — *Bartleby, le scribe.*
2904. Jerome Charyn — *Isaac le mystérieux.*
2905. Guy Debord — *Commentaires sur la société du spectacle.*
2906. Guy Debord — *Potlatch* (1954-1957).
2907. Karen Blixen — *Les chevaux fantômes* et autres contes.
2908. Emmanuel Carrère — *La classe de neige.*
2909. James Crumley — *Un pour marquer la cadence.*
2910. Anne Cuneo — *Le trajet d'une rivière.*
2911. John Dos Passos — *L'initiation d'un homme : 1917.*
2912. Alexandre Jardin — *L'île des Gauchers.*
2913. Jean Rolin — *Zones.*
2914. Jorge Semprun — *L'Algarabie.*
2915. Junichirô Tanizaki — *Le chat, son maître et ses deux maîtresses.*
2916. Bernard Tirtiaux — *Les sept couleurs du vent.*
2917. H.G. Wells — *L'île du docteur Moreau.*
2918. Alphonse Daudet — *Tartarin sur les Alpes.*
2919. Albert Camus — *Discours de Suède.*
2921. Chester Himes — *Regrets sans repentir.*
2922. Paula Jacques — *La descente au paradis.*
2923. Sibylle Lacan — *Un père.*
2924. Kenzaburô Ôé — *Une existence tranquille.*
2925. Jean-Noël Pancrazi — *Madame Arnoul.*
2926. Ernest Pépin — *L'Homme-au-Bâton.*
2927. Antoine de Saint-Exupéry — *Lettres à sa mère.*
2928. Mario Vargas Llosa — *Le poisson dans l'eau.*
2929. Arthur de Gobineau — *Les Pléiades.*
2930. Alex Abella — *Le Massacre des Saints.*

2932. Thomas Bernhard — *Oui.*
2933. Gérard Macé — *Le dernier des Égyptiens.*
2934. Andreï Makine — *Le testament français.*
2935. N. Scott Momaday — *Le Chemin de la Montagne de Pluie.*
2936. Maurice Rheims — *Les forêts d'argent.*
2937. Philip Roth — *Opération Shylock.*
2938. Philippe Sollers — *Le Cavalier du Louvre. Vivant Denon.*
2939. Giovanni Verga — *Les Malavoglia.*
2941. Christophe Bourdin — *Le fil.*
2942. Guy de Maupassant — *Yvette.*
2943. Simone de Beauvoir — *L'Amérique au jour le jour, 1947.*
2944. Victor Hugo — *Choses vues, 1830-1848.*
2945. Victor Hugo — *Choses vues, 1849-1885.*
2946. Carlos Fuentes — *L'oranger.*
2947. Roger Grenier — *Regardez la neige qui tombe.*
2948. Charles Juliet — *Lambeaux.*
2949. J.M.G. Le Clézio — *Voyage à Rodrigues.*
2950. Pierre Magnan — *La Folie Forcalquier.*
2951. Amos Oz — *Toucher l'eau, toucher le vent.*
2952. Jean-Marie Rouart — *Morny, un voluptueux au pouvoir.*
2953. Pierre Salinger — *De mémoire.*
2954. Shi Nai-an — *Au bord de l'eau I.*
2955. Shi Nai-an — *Au bord de l'eau II.*
2956. Marivaux — *La Vie de Marianne.*
2957. Kent Anderson — *Sympathy for the Devil.*
2958. André Malraux — *Espoir — Sierra de Teruel.*
2959. Christian Bobin — *La folle allure.*
2960. Nicolas Bréhal — *Le parfait amour.*
2961. Serge Brussolo — *Hurlemort.*
2962. Hervé Guibert — *La piqûre d'amour* et autres textes.
2963. Ernest Hemingway — *Le chaud et le froid.*
2964. James Joyce — *Finnegans Wake.*
2965. Gilbert Sinoué — *Le Livre de saphir.*
2966. Junichirô Tanizaki — *Quatre sœurs.*
2967. Jeroen Brouwers — *Rouge décanté.*
2968. Forrest Carter — *Pleure, Géronimo.*

2971.	Didier Daeninckx	*Métropolice.*
2972.	Franz-Olivier Giesbert	*Le vieil homme et la mort.*
2973.	Jean-Marie Laclavetine	*Demain la veille.*
2974.	J.M.G. Le Clézio	*La quarantaine.*
2975.	Régine Pernoud	*Jeanne d'Arc.*
2976.	Pascal Quignard	*Petits traités I.*
2977.	Pascal Quignard	*Petits traités II.*
2978.	Geneviève Brisac	*Les filles.*
2979.	Stendhal	*Promenades dans Rome.*
2980.	Virgile	*Bucoliques. Géorgiques.*
2981.	Milan Kundera	*La lenteur.*
2982.	Odon Vallet	*L'affaire Oscar Wilde.*
2983.	Marguerite Yourcenar	*Lettres à ses amis et quelques autres.*
2984.	Vassili Axionov	*Une saga moscovite I.*
2985.	Vassili Axionov	*Une saga moscovite II.*
2986.	Jean-Philippe Arrou-Vignod	*Le conseil d'indiscipline.*
2987.	Julian Barnes	*Metroland.*
2988.	Daniel Boulanger	*Caporal supérieur.*
2989.	Pierre Bourgeade	*Éros mécanique.*
2990.	Louis Calaferte	*Satori.*
2991.	Michel Del Castillo	*Mon frère l'Idiot.*
2992.	Jonathan Coe	*Testament à l'anglaise.*
2993.	Marguerite Duras	*Des journées entières dans les arbres.*
2994.	Nathalie Sarraute	*Ici.*
2995.	Isaac Bashevis Singer	*Meshugah.*
2996.	William Faulkner	*Parabole.*
2997.	André Malraux	*Les noyers de l'Altenburg.*
2998.	Collectif	*Théologiens et mystiques au Moyen Âge.*
2999.	Jean-Jacques Rousseau	*Les Confessions (Livres I à IV).*
3000.	Daniel Pennac	*Monsieur Malaussène.*
3001.	Louis Aragon	*Le mentir-vrai.*
3002.	Boileau-Narcejac	*Schuss.*
3003.	LeRoi Jones	*Le peuple du blues.*
3004.	Joseph Kessel	*Vent de sable.*
3005.	Patrick Modiano	*Du plus loin de l'oubli.*
3006.	Daniel Prévost	*Le pont de la Révolte.*
3007.	Pascal Quignard	*Rhétorique spéculative.*

3045. Jean Giono — *Manosque-des-Plateaux* suivi de *Poème de l'olive.*
3046. Philippe Labro — *La traversée.*
3047. Bernard Pingaud — *Adieu Kafka ou l'imitation.*
3048. Walter Scott — *Le Cœur du Mid-Lothian.*
3049. Boileau-Narcejac — *Champ clos.*
3050. Serge Brussolo — *La maison de l'aigle.*
3052. Jean-François Deniau — *L'Atlantique est mon désert.*
3053. Mavis Gallant — *Ciel vert, ciel d'eau.*
3054. Mavis Gallant — *Poisson d'avril.*
3056. Peter Handke — *Bienvenue au conseil d'administration.*
3057. Anonyme — *Josefine Mutzenbacher. Histoire d'une fille de Vienne racontée par elle-même.*
3059. Jacques Sternberg — *188 contes à régler.*
3060. Gérard de Nerval — *Voyage en Orient.*
3061. René de Ceccatty — *Aimer.*
3062. Joseph Kessel — *Le tour du malheur I : La fontaine Médicis. L'affaire Bernan.*
3063. Joseph Kessel — *Le tour du malheur II : Les lauriers roses. L'homme de plâtre.*

Composition Bussière
et impression Bussière Camedan Imprimeries
à Saint-Amand (Cher), le 27 août 1998.
Dépôt légal : août 1998.
Numéro d'imprimeur : 1318-98002924/1.
ISBN 2-07-037698-2. Imprimé en France.

87473